AMOR ENMASCARADO

Natalie Anderson

Editado por Harlequin Ibérica.
Una división de HarperCollins Ibérica, S.A.
Núñez de Balboa, 56
28001 Madrid

© 2018 Natalie Anderson
© 2019 Harlequin Ibérica, una división de HarperCollins Ibérica, S.A.
Amor enmascarado, n.º 2687 - 20.3.19
Título original: Princess's Pregnancy Secret
Publicada originalmente por Harlequin Enterprises, Ltd.

I.S.B.N.: 978-84-1307-372-9
Depósito legal: M-1143-2019
Impresión en CPI (Barcelona)
Fecha impresion para Argentina: 16.9.19
Distribuidor exclusivo para España: LOGISTA
Distribuidor para México: Distibuidora Intermex, S.A. de C.V.
Distribuidores para Argentina: Interior, DGP, S.A. Alvarado 2118.
Cap. Fed./Buenos Aires y Gran Buenos Aires, VACCARO HNOS.

Capítulo 1

DAMON Gale ojeó el perímetro del concurrido salón de fiestas evitando otro grupo de mujeres sonrientes cuyas máscaras con plumas no conseguían ocultar su apetito al observarle.

No debería haberse deshecho de su máscara tan pronto.

Volviendo la espalda a otra silenciosa invitación, bebió un sorbo de champán. Las mujeres querían más de lo que él quería de ellas. Siempre. Cuando tenían una aventura amorosa con él, con límites perfectamente claros, invariablemente acababa en resentimiento y recriminaciones.

«No tienes corazón».

Damon sonrió cínicamente mientras ese eco resonaba en su cabeza. Su última conquista le había soltado esa cantinela pocos meses atrás. Y sí, era verdad, no tenía corazón y se enorgullecía de ello.

Además, ¿qué importaba eso? Estaba allí por una cuestión de negocios, no de placer. Esa noche iba a zanjar de una vez por todas un desastre ocurrido hacía décadas y al día siguiente se iba a alejar de ese paraíso sin volver la vista atrás. El hecho de estar allí otra vez había abierto viejas heridas.

Sin embargo, había aguantado traspasar la opulenta entrada, subir la escalera de mármol y pasar por cinco antecámaras, cada una más grande y lujosa que la anterior, hasta llegar a la brillante monstruosidad del salón de fiestas. El balcón interior de la enorme estancia estaba lleno de gente famosa y de la alta sociedad ansiosa por lucirse y vigilar a los demás.

El palacio Palisades tenía como objetivo reflejar la gloria de la familia real y hacer que la plebe se sintiera tan irrelevante como fuera posible. Se suponía que debía provocar admiración y envidia. Sin embargo, tanta pintura, tanto tapiz y tanto dorado le cansaban la vista. Estaba deseando quitarse la chaqueta del esmoquin y correr por uno de los senderos paralelos a la preciosa costa; no obstante, no le quedaba más remedio que quedarse allí y hacer el paripé un rato más.

Damon apretó los dientes y esquivó el objetivo de la cámara de uno de los fotógrafos oficiales. No tenía ningún interés en aparecer en un blog de las redes sociales. Durante años se había visto obligado a asistir a numerosas fiestas como aquella; principalmente, para demostrar la supuesta unión de sus padres y así maximizar las ventajas políticas que los contactos podían proporcionarles.

Tal falsedad le amargó el champán.

Por suerte, sus negocios no dependían del interés y la aprobación de la gente rica e influyente. Gracias a lo bien que iba su empresa de software, tenía tanto dinero como cualquiera de las personas que estaban allí aquella noche. A pesar de lo cual, había ido a esa fiesta para aprovecharse de esa gente, aunque solo fuera por una vez.

Buscó con la mirada el sitio en el que había dejado

a su media hermana hacía diez minutos. Los inversores que le había presentado parecían escuchar interesados la animada e inteligente conversación de ella.

El único favor que su media hermana había aceptado de él era que le introdujera a algunas personas, negándose a permitirle financiar su investigación. Eso le irritaba, pero no podía culparla. Al fin y al cabo, apenas se conocían y ambos evitaban verse implicados en el daño que las infidelidades de sus padres habían causado. Ella era orgullosa y eso él lo respetaba. Pero él había intentado subsanar, en la medida de lo posible, el sufrimiento causado por tantas mentiras y engaños, y por la total falta de remordimientos de su padre.

Damon se apartó de la multitud en busca de un instante de tranquilidad hasta que llegara el momento de poder escapar de aquel lugar.

Una ráfaga azul llamó su atención al aproximarse a una de las columnas de mármol alineadas a lo largo del salón. Era una mujer, apartada, con la atención fija en un grupo situado a unos metros de distancia. Llevaba una peluca en diez tonos de azul, el pelo de la peluca le llegaba a la cintura. Una máscara de encaje negro le cubría la mitad superior del rostro. Los hombros, los pómulos y los labios despedían destellos azules y plateados.

Damon, incapaz de ignorar el modo en que ese vestido largo marcaba con claridad un cuerpo ágil, de exquisitas curvas y largas piernas, se detuvo. A pesar de los polvos brillantes que cubrían el rostro y los hombros de la mujer, pudo advertir que la tez de ella era morena. Debía de pasar tiempo al aire libre y, por supuesto, no se conseguía tener un cuerpo así pasando las horas muertas tumbada al sol.

Era una mujer en forma, en todos los sentidos, pero fue su innegable feminidad lo que le dejó sin respiración. La puntiaguda barbilla, los pómulos altos y los redondos y perfectos labios formaban un conjunto sumamente delicado y bonito. El cuerpo del vestido azul marino apenas podía contener esos abundantes pechos.

La mujer, absorta, no se había fijado en él. Pero Damon sí se estaba fijando en ella. La máscara no lograba ocultar la angustia de la mujer. El aislamiento de ella le conmovió.

Le entró un incontenible deseo de hacerla sonreír.

También quería acariciar la estrecha cintura de ella y palpar la irresistible mezcla de suavidad y fuerza que aquel cuerpo prometía.

Despacio, comenzó a acercarse a ella. La mujer permanecía en la sombra, oculta, casi invisible.

Los pechos se le hincharon al respirar profundamente. Damon se detuvo momentáneamente, a la espera de que ella avanzara. Pero, al contrario de lo que había esperado, la mujer retrocedió con expresión apesadumbrada.

Damon frunció el ceño. Él tenía motivos para evitar fiestas como aquella, pero... ¿por qué una joven tan hermosa deseaba ocultarse? Lo normal era que tuviera compañía.

Y decidió que iba a ofrecerle la suya.

Con su copa en la mano, agarró otra de un camarero que pasaba con una bandeja y se dirigió al rincón. Ella detuvo su retroceso para pasear la mirada por el salón con una expresión mezcla de nostalgia y soledad que le conmovió.

–¿No te atreves? –preguntó él sin pensar.

La joven se volvió hacia él y, al verle, agrandó los ojos. Notó las dos copas, miró a espaldas de él y agrandó más los ojos al darse cuenta de que estaban solos, apartados del resto de los invitados.

El evidente recelo de ella le hizo sonreír.

–¿Es la primera vez que vienes a un sitio así? –preguntó Damon–. La primera vez suele intimidar.

A pesar del polvo azul, la vio sonrojarse.

Damon sonrió aún más al imaginarse la respuesta de ella si se arriesgara a sugerir algo más atrevido. La miró de arriba abajo y su cuerpo se tensó. Se dio cuenta de que ella lo había notado y continuó sonriendo, insinuándole su interés. Se miraron a los ojos, pero la joven continuó sin pronunciar palabra.

Sola. Sin compromiso. Y, casi seguro, sin experiencia.

Hacía mucho que Damon no trataba de conquistar a una mujer. Las mujeres le perseguían más que él a ellas. Evitaba los intentos de las mujeres de hacerle comprometerse, le aburría tener que justificar su negativa a tener una relación estable. Estaba harto de lo que las mujeres querían: dinero, poder y un hombre con experiencia.

Pero la situación actual era diferente, llena de posibilidades. Esos ojos de un azul intenso y el mohín de los labios de ella le resultaban irresistibles.

No había tenido la intención de seguir allí, en la fiesta, y mucho menos había esperado que una persona despertara su interés. Sin embargo, ahora que ya había cumplido con lo prometido a Kassie, le entraron ganas de divertirse.

–¿Cómo te llamas? –preguntó Damon.

A ella se le dilataron las pupilas como si la pregunta le hubiera sorprendido, pero continuó callada.

–Está bien, te llamaré Blue.

–¿Por el pelo? –preguntó ella alzando levemente la barbilla.

Damon tuvo que hacer un esfuerzo para evitar quedarse boquiabierto al oír el tono ronco de esa voz.

–Por la añoranza que veo en tus ojos –«y por tu bonita boca».

–¿Qué es lo que crees que añoro?

Vaya pregunta. Prefería no contestar.

–¿Y tú, cómo quieres que te llame? –preguntó ella.

–¿No sabes quién soy? –Damon arqueó las cejas.

La joven sacudió la cabeza.

–¿Debería saberlo?

–No –respondió él, encantado–. No soy tan importante. Y, por supuesto, no soy un príncipe.

Un breve destello asomó a los ojos de ella, pero desapareció al instante.

–Estoy pasando unos días en Palisades y estoy soltero –declaró Damon.

–¿Qué necesidad tengo de saber eso?

–Ninguna –Damon se encogió de hombros, pero continuó sonriendo. Después, le ofreció una de las dos copas de champán–. ¿Por qué estás aquí sola?

Ella aceptó la copa, se la llevó a los labios y bebió un diminuto sorbo. Una mujer cautelosa. Intrigante.

–¿Te estás escondiendo? –preguntó él.

Ella se lamió los labios, se miró el vestido y se alisó la falda.

Nerviosa. Sí, estaba nerviosa.

–Eres preciosa –añadió Damon–. No necesitas preocuparte por tu aspecto.

A pesar de volver a enrojecer, la joven alzó el rostro. En la mirada de ella Damon vio una seguridad en sí misma que le sorprendió.

–Eso no me preocupa en absoluto.

Vaya. La joven tenía más seguridad en sí misma de la que él había creído en un principio. Y eso le gustó. Le entraron ganas de quitarle la peluca para averiguar de qué color tenía el pelo. Aunque el disfraz era precioso, quería ver el tesoro que escondía.

–En ese caso, ¿por qué no estás ahí con los demás? –preguntó Damon.

–¿Y tú? ¿Por qué no estás tú también con los demás? –le miró fijamente mientras esperaba una respuesta.

–A veces, venir a este tipo de cosas se debe más a la necesidad que al placer.

–¿Este tipo de cosas? –repitió ella en tono burlón.

–Aunque depende de quien esté.

–Sin duda, este tipo de cosas te resultan más placenteras cuando hay hermosas mujeres, ¿no? –comentó ella con voz ronca y la respiración forzada.

Damon se dio cuenta de que aquella joven se estaba divirtiendo. Iba a seguirle el juego.

–Naturalmente –mientras bebía un sorbo de champán, la miró por encima del borde de la copa–.

Al fin y al cabo, soy un hombre –añadió Damon encogiéndose de hombros.

Los ojos de ella, de un azul imposible, brillaron.

–Quieres decir que eres un chico al que le gustan los juguetes. Una muñeca aquí, otra allá...

–Por supuesto –respondió Damon–. Jugar con muñecas es un pasatiempo divertido. Igual que puede serlo coleccionarlas.

–Ya.

Damon se inclinó hacia delante, irrumpiendo en el espacio privado de ella para susurrarle:

–Pero nunca rompo mis juguetes –prometió Damon–. Cuando juego, tengo mucho cuidado con ellos.

–Ah. Bueno, si tú lo dices, debe de ser verdad.

–¿Y tú? –preguntó Damon, aunque ya conocía la respuesta–. ¿Tienes por costumbre venir a este tipo de sitios?

¿Le gustaba a ella jugar también?

La joven se encogió de hombros.

Damon volvió a arrimarse a ella y le deleitó oírle la respiración.

–¿Trabajas en el hospital?

La fiesta de aquella noche era un evento anual para recaudar fondos con fines benéficos y también una celebración en honor del personal del hospital.

–Hago... cosas allí –ella bajó los párpados.

–En ese caso, ¿por qué no estás con tus amigos?

–No los conozco bien.

Quizá la acababan de contratar y había ganado una invitación en la rifa entre el personal del hospital. Quizá por eso no había hecho amigos todavía, aunque no tardaría mucho en tenerlos. Seguro que algún cirujano se fijaría pronto en ella y, en nada de tiempo, perdería la tendencia a ruborizarse.

De repente, le molestó la idea de que otro hombre la estrechara entre sus brazos. Se sintió posesivo.

–¿Quieres bailar? –preguntó Damon aproximándose un paso más a ella.

La joven miró por encima del hombro de él.

–Nadie baila todavía.

–¿Por qué no empezar nosotros?

Ella, rápidamente, sacudió la cabeza, retrocediendo hasta la sombra proyectada por el cuerpo de él, escondiéndose.

Damon supuso que no quería hacerse notar. Demasiado tarde, él sí se había fijado en ella.

–No te dejes intimidar por esa gente –Damon volvió la cabeza hacia la multitud–. Puede que tengan mucho dinero, pero eso no significa que posean buenos modales. Ni amabilidad.

–¿Estás diciendo que tú tampoco te encuentras a gusto aquí, entre esta gente? –preguntó la joven con un inequívoco escepticismo en la expresión.

–¿Se encuentra a gusto alguien?

Ella alzó los ojos hacia los suyos y le sostuvo la mirada durante un prolongado momento. Sus iris eran imposiblemente azules, debían de ser lentes de contacto. Renunció a seguir hablando por hablar. El deseo de abrazarla, de desnudarla, fue sobrecogedor. Se puso tenso, contuvo sus instintos más básicos. Pero quería tocarla. Quería que ella le tocara a él. ¿Y esa mirada? Era una pura invitación. No obstante, tenía la sensación de que ella era tan inocente que ni siquiera se daba cuenta de lo que pasaba.

Pero no pudo evitar que una pregunta escapara de sus labios:

—¿Vas a hacerlo?

Eleni Nicolaides no sabía qué contestar. Ese hombre no se parecía a nadie que hubiera conocido hasta el momento.

Directo. Arrollador. Peligroso.

—¿Vas a hacerlo, Blue?

—¿Hacer qué? —susurró Eleni vagamente, distraída con el claroscuro de la expresión de él.

Era extraordinariamente guapo, alto, moreno y sensual. La clase de mujeriego al que no le permitían que se acercara a ella.

Sin embargo, al mismo tiempo, no era eso solo. Ese hombre le afectaba por algo, y no era solo una cuestión de magnetismo físico.

Cautivaba todos sus sentidos e interés. Sintió algo nuevo. Quería tenerle cerca. Quería tocarle. El pulso le latía con fuerza, el cuerpo le vibraba, los labios y los pechos le palpitaban y sentía desazón en otras partes de su ser.

Él apretó la mandíbula. Ella parpadeó ante la fiera intensidad de su mirada. ¿Le había leído el pensamiento? ¿Sabía ese hombre lo que ella quería hacer en ese momento?

—Unirte al resto de los invitados —respondió él.

Eleni tragó saliva. El corazón le latió con fuerza al

darse cuenta de lo a punto que había estado de hacer el ridículo.

–No debería...

–¿Por qué no?

«Por muchas razones», pensó ella presa del pánico.

El disfraz. El engaño. El deber.

–Blue... –insistió él sonriendo, pero la expresión de sus ojos era apasionada.

Había visto deseo en los ojos de muchos hombres al mirarla, pero ese deseo no había sido por ella, sino por su fortuna, por su título, por su virtud. Nunca había salido con un hombre. Nadie la había tocado. Y todo el mundo lo sabía. Había leído las típicas bromas sobre ella en Internet: ¡*La Princesa Virgen!*

Le enfurecía que su «pureza» resultara tan interesante para algunos. No era algo intencionado. No se trataba de que estuviera conservando su virginidad para el príncipe que decidieran elegir como su futuro esposo. Simplemente, se había visto tan recluida que ni siquiera había podido hacer amigos, mucho menos echarse novio.

Y ahora, al parecer, su príncipe iba a ser Xander, de Santa Chiara, una pequeña nación europea. Xander, desde luego, no se había privado de nada por ella y sabía que, una vez casados, no podía esperar fidelidad por parte de él. Discreción, por supuesto, pero no fidelidad. Ni amor.

–¿Haces siempre tantas preguntas? –inquirió ella adoptando un tono sofisticado en esos últimos momentos de escapismo.

Deseó ser como otras, que aceptaban de buen

grado un matrimonio de conveniencia. Porque era justo eso. Al día siguiente iban a anunciar pública- mente su compromiso matrimonial con un hombre al que apenas había visto en su vida y que, por supuesto, jamás habría elegido ella. Le espantaba la idea. Pero esas arcaicas costumbres de la realeza seguían vigen- tes, la princesa de Palisades no podía casarse con un plebeyo. El disfraz de aquella noche era un pobre intento de sentirse libre aunque solo fuera durante cinco minutos. Los únicos cinco minutos de los que iba a disponer.

—Siempre que algo despierta mi curiosidad.

—¿Y qué es lo que despierta tu curiosidad?

—Tú.

Un intenso calor la invadió. No podía sostenerle la mirada, pero tampoco podía apartarla. Los ojos de él eran realmente azules, de un azul natural, no acen- tuado como los suyos por lentes de contacto, y eran apasionados. Y veían el anhelo que había intentado ocultar tras la máscara.

Se sentía fuera de lugar, a pesar de que estaba en su casa. Había nacido allí y se había criado allí. Y allí estaba su futuro, dictado por el deber.

—Tienes la oportunidad de vivir esta experiencia... —él hizo un gesto con la mano que abarcaba el salón de fiestas y los invitados—. Sin embargo, estás aquí, en las sombras, escondida.

Él acababa de poner voz a su fantasía, recordán- dole lo ridículo de su loco plan. Se había encargado de que llevaran a la zona de enfermeras del hospital una gran parte de los disfraces para la fiesta de esa noche. Nadie iba a echar en falta un vestido, una peluca y una máscara. Lo había hecho para conseguir que, aunque solo fuera por una noche, la protegida y preciosa princesa Eleni lograra, durante una noche, hacerse pasar por una chica normal y hablar con la gente como tal, no como una princesa.

Sin embargo, una vez en la fiesta, se había dado cuenta de su error. La gente, en grupos, reía y hablaba con sus amigos, amigos que ella nunca había tenido. ¿Cómo iba a ponerse a hablar con cualquiera sin la coraza que le ofrecía su título? Había estado aislada toda la vida y envidiaba a toda esa gente que se divertía libremente.

La privilegiada princesa Eleni estaba muerta de envidia.

Y ahora... sentía otra cosa, algo igualmente vergonzoso.

—Estoy esperando el momento oportuno —comentó ella con una leve carcajada, recurriendo a tantos años acostumbrada a hablar ocultando lo que realmente pensaba y sentía.

—Lo estás desperdiciando.

Eleni sonrió y, al mirarle a los ojos, notó que él veía demasiado.

—Si quieres pasarlo bien una noche, tienes que salir de aquí —le aconsejó él.

—Quizá no sea eso lo que quiero.

La atmósfera entre ellos se cargó y Eleni, esa vez, tuvo que apartar los ojos de los de él. Pero al bajar la cabeza, él le puso los dedos en la barbilla y la obligó a alzar el rostro nuevamente. Un incontrolable temblor la asaltó.

—¿No? En ese caso, ¿qué es lo que quieres?

No podía contestar a eso.

–Ven conmigo a dar una vuelta por la fiesta –dijo él en voz baja–. Vamos, atrévete.

El desafío provocó en ella un desacostumbrado instinto de rebelión. Ella, que siempre hacía lo que se le ordenaba; siempre leal, cumplidora, serena. La princesa Eleni jamás causaba problemas. No obstante, delante de ese hombre, su espíritu rebelde despertó.

–No necesito que me desafíes a nada –dijo ella.

–¿Estás segura?

El brillo de esos ojos era provocador. Eleni, nerviosa, se dio media vuelta y salió del rincón. ¿Y si la reconocían?

Pero ese hombre no la había reconocido y, por otra parte, sabía que su hermano estaba en otro lugar del salón de fiestas con unos selectos invitados. El resto de la gente estaba con amigos y conocidos. Sí, era posible que nadie se diera cuenta de quién era.

–¿Vienes? –preguntó Eleni volviendo la cabeza.

Tras lanzarle una burlona mirada, él entrelazó el brazo con el de ella y echaron a andar, pasando de largo por la fila de columnas.

Eleni sintió un gran alivio al ver que él no se paraba con nadie para charlar, toda su atención estaba centrada en ella. Se había equivocado al temer que la reconocieran, porque la gente, al mirar en su dirección, se fijaba solo en él.

–Todas las mujeres te miran –murmuró Eleni al acercarse a la última columna–. Y se las nota sorprendidas.

–Últimamente no estoy saliendo con nadie –comentó él con una sonrisa.

–¿Creen que estás saliendo conmigo? –preguntó ella–. ¿Debería sentirme halagada por ello?

–Así es, no lo niegues –respondió él con una carcajada.

Eleni apretó los labios para no sonreír. Pero la contagiosa risa de él le llegó a lo más profundo de su ser.

–Ahí –dijo él mientras la llevaba al último nicho vacío por el que pasaron–. ¿Qué tal? No ha sido tan terrible, ¿verdad? –preguntó sin soltarle la mano, al fondo de la concavidad del muro.

Eleni lo consideró una victoria. Por fin estaba con un hombre de su elección.

–¿Quién eres? –preguntó Eleni, consciente de que mucha gente allí sabía quién era–. ¿Por qué te miran tanto?

–¿Por qué me miras tú? –preguntó él ladeando la cabeza.

Eleni se negó a contestar.

–¿Qué es lo que ves? –insistió él con una perezosa sonrisa.

A eso sí podía responder.

–Veo arrogancia –contestó Eleni con osadía–. Veo a un hombre que desprecia los convencionalismos, un hombre a quien no le importa el qué dirán.

–¿Por?

–No llevas máscara, al contrario que los demás. No te esfuerzas por hacer lo que se espera de todo el mundo.

–¿Y por qué no hago eso? –preguntó él achicando los ojos.

–Porque no lo necesitas. No requieres la aprobación de los otros. Estás decidido a demostrarles que no necesitas nada de ellos.

La expresión de él se tornó inescrutable, pero no negó lo que ella le había dicho. El corazón le latió con fuerza cuando ese hombre se le acercó.

–¿Sabes lo que veo yo? –casi con irritación, él indicó con un dedo la máscara que ella llevaba–. Veo a una mujer que esconde algo más que su rostro. Veo a una mujer que quiere cosas que cree que no se merece.

Eleni se quedó muy quieta, sin habla, desanimada. Quería más de lo que tenía y, sin embargo, sabía que eso era puro egoísmo. ¿Acaso no lo tenía todo?

–Dime, ¿qué va a pasar cuando den las campanadas de medianoche? –la sensual sonrisa de él la golpeó con potente fuerza.

Eleni tuvo que hacer un esfuerzo para recordarse a sí misma que no era Cenicienta. Ella ya era una princesa.

–Justo lo que crees que va a pasar.

–Te marcharás y no te volveré a ver.

Las palabras de él se le clavaron como puñales en el pecho.

–Exactamente –respondió ella con principesca educación.

No debería sentirse desilusionada. Aquello no era más que una breve conversación en las sombras.

–No creo en los cuentos de hadas –dijo él perdiendo la sonrisa.

–Yo tampoco –respondió ella con un susurro.

Eleni creía en el deber, en la familia, en hacer lo correcto. Por eso iba a casarse con un hombre al que no amaba, un hombre que tampoco la amaba a ella. El amor romántico solo existía en los cuentos de hadas y en las vidas de otra gente.

–¿Estás segura? –preguntó él acercándose–. En ese caso, no desaparezcas a medianoche. Quédate y haz lo que quieras.

Eleni se lo quedó mirando. Era guapo, con cara pícara. Solo estaba bromeando con ella, ¿no? Una intensa tentación y una sensación totalmente desconocida la envolvieron.

«Deseo».

Un puro e innegable deseo.

¿Podía permitirse ese momento de disfrute? ¿Podía permitirse disfrutar de él?

Él no pudo ocultar su tensión. Se le notaba en los ojos, en los movimientos de su mandíbula, en su sonrisa... a pesar de permanecer quieto, como una estatua de mármol. A la espera, a la espera.

«Haz lo que quieras».

El desafío incrementó su deseo.

Eleni le miró y se perdió en el líquido acero de esos ojos. Entreabrió los labios para llenarse los pulmones de aire. Entonces, como un rápido depredador, él aprovechó el momento y le cubrió los labios con los suyos.

Eleni cerró los ojos instintivamente y se entregó a la cálida sensación que los labios de él le provocaron. Contuvo la respiración cuando él le puso las manos en la cintura y la atrajo hacia sí. Tembló al sentir el duro cuerpo de él contra el suyo. Era un hombre alto, fuerte y viril.

Haciéndose con el control de la situación, el desconocido le penetró la boca con la lengua y se la acarició. Jamás la habían besado así. Jamás había besado así. Se inclinó sobre él, dejándose sujetar, y se refugió en el calor de ese cuerpo.

Él le transmitió poder mientras la besaba, abrazándola con esos brazos de acero.

Eleni gimió de placer. Le temblaron las piernas, a pesar de sentir una extraña energía corriéndole por las venas. Pero aquello no le bastaba, necesitaba estar más cerca de él. Sin embargo, él alzó una mano, se la puso en la mandíbula y depositó pequeños y enloquecedores besos en sus labios.

Encantada y frustrada, Eleni volvió a gemir.

Entendiendo su reacción, él le dio lo que quería: incontrolable pasión.

Eleni no sabía cómo combatir la enfebrecida pasión que se había desatado en ella. Sin mediar palabra, se aferró a él, pidiendo más en silencio. La intensidad del deseo de él reflejaba la suya.

De repente, él dejó de besarla y la miró. Eleni jadeó y, sin pensar, se inclinó hacia él con el fin de recuperar el contacto físico.

Sin embargo, en la distancia, oyó un clamor, copas chocando...

Copas. Invitados.

¡Cielos! ¿Qué estaba haciendo?

Aunque demasiado tarde, todos esos años de aprendizaje, deber y responsabilidad le golpearon con fuerza. ¿Cómo podía haber olvidado quién era y dónde estaba? No podía tirarlo todo por la borda en un momento de pasión.

Pero el deseo seguía consumiéndola. Lo único

que quería en ese momento era que él volviera a tocarla, íntimamente.

Una profunda vergüenza la embargó. Necesitaba estar sola y recuperar el control de sí misma. Entonces, al hacer un movimiento para apartarse de él, oyó un rasguido.

Tardó unos segundos en darse cuenta de que se había arrancado el fino tirante que sujetaba el cuerpo del vestido. Y el resultado...

No necesitó bajar la mirada, sentía el aire en la piel desnuda. Avergonzada y presa del pánico, clavó los ojos en los de él. ¿Lo había notado?

Claro que lo había notado.

Se quedó inmóvil mientras el desconocido contemplaba unos segundos más su pecho desnudo antes de desviar la mirada de nuevo a sus ojos.

Eleni tiró del vestido para cubrirse el pecho y se volvió para huir de allí.

Pero él volvió a agarrarla y, protegiéndola con su cuerpo, echó a andar para alejarla de la multitud.

Ella, confusa, se dejó guiar. Cruzaron un arco, recorrieron un amplio pasillo y, por fin, una puerta se cerró tras ellos y él echó la llave.

Perpleja, Eleni le vio quitarse la chaqueta del traje con apenas contenida violencia. Con solo la camisa blanca, parecía más alto, más agresivo, más sexual.

Ese terrible deseo volvió a apoderarse de ella mientras trataba de recuperar la respiración.

No se movió mientras él avanzaba hacia ella.

Estaba lista para rendirse.

Capítulo 2

PONTE esto sobre los hombros y salgamos de aquí inmediatamente –él alzó la chaqueta–. Nadie se va a dar cuenta de...

Él se interrumpió al verla mirarle con expresión de no comprender.

¿Ese hombre solo quería cubrirla con su ropa? ¿Solo quería protegerla en vez de continuar con... con...?

Eleni había creído que él iba a...

–No –por fin, Eleni recuperó la voz–. No, eso es imposible.

Se pasó la lengua por los labios. Lo imposible era su reacción. Su deseo. Horrorizada, se apartó de ese hombre que era pura tentación. Retrocedió hasta casi chocar contra la pared del fondo de la estancia.

Él, quieto, con la chaqueta en la mano, la miró con el ceño fruncido mientras ella retrocedía. Por fin, arrojó la chaqueta a un antiguo sofá que, en esos momentos, se interponía entre los dos.

–No voy a hacerte nada –declaró él con una sonrisa.

–Lo sé –respondió ella rápidamente sin conseguir devolverle la sonrisa.

No le tenía miedo. Tenía miedo de sí misma. Le ardían las mejillas y sabía que un profundo rubor se había extendido por todo su cuerpo.

Había cometido un tremendo error, mucho más peligroso de lo que jamás habría podido imaginarse. Estaba mortificada y muy sensible. Vio que él la miraba con intensidad. Se dio cuenta de que a él le costaba respirar tanto como a ella.

–¿Estás bien? –le preguntó él–. Lo siento.

Pero no parecía sentirlo. Al contrario, su sonrisa se agrandó.

–No ha sido culpa tuya –murmuró Eleni–. Es un vestido barato y no me sienta muy bien.

–Deja que te ayude a arreglarlo para que así puedas salir de aquí –dijo él con voz ronca.

–No te preocupes, no es necesario –Eleni miró la puerta cerrada a espaldas de él–. Será mejor que me vaya.

Sabía que esa estancia tenía otra salida, pero estaba cerrada por medio de un dispositivo de seguridad que no podía utilizar sin revelar lo bien que conocía el palacio. Y de eso él no debía enterarse. Quizá pudiera utilizar la melena de la peluca para ocultar la rasgadura del vestido.

–Vamos, deja que te arregle el tirante del vestido. Te prometo que no haré nada más –dijo él.

Ese era el problema. Eleni quería que él hiciera algo más, que hiciera todo lo que quisiera.

–No puedes volver a la fiesta con el tirante roto –murmuró él.

Eso era verdad. Pero tampoco podía apartarse de él... todavía.

Se acercó a ese hombre y se volvió, ofreciéndole el hombro con el tirante roto.

–Gracias.

Se quedó muy quieta mientras el hombre, rozándole la piel con los dedos, trataba de atar el tirante al cuerpo del vestido. Le oyó murmurar su frustración al no conseguir concluir la tarea.

–No te preocupes...

–Espera, ya casi lo tengo.

Eleni, paralizada, esperó.

–Ya está –declaró él con un susurro mortal–. Arreglado.

Pero él seguía allí, demasiado cerca, demasiado alto, demasiado de todo.

–Ya te puedes marchar.

Pero Eleni no quería marcharse.

–Ha sido una idea muy tonta. No debería haber venido.

–¿Por qué no? –dijo él mirándola a los ojos–. Has venido porque era lo que querías.

La mirada de él la tenía hipnotizada, la hacía desear lo imposible. Tras las densas pestañas, el azul de esos ojos la penetró hasta lo más profundo de su ser.

–Será mejor que vuelvas a la fiesta, Blue –dijo él enderezándose.

–¿Por qué? –¿para qué volver a la fiesta? Lo que quería estaba allí, delante de ella. ¿Un beso más?–. ¿Podría...?

–¿Qué? –dijo él en tono desafiante al tiempo que arqueaba una ceja–. ¿Qué es lo que podrías hacer?

Eleni alzó la barbilla y se puso de puntillas para

acariciarle los labios con los suyos. Tembló. Era maravilloso.

Él se puso tenso antes de hacerse con el control. La agarró por la cintura y la apretó contra su cuerpo. El tirante del vestido se soltó de nuevo y ella lanzó una queda carcajada.

–Eso sí que puedes hacerlo –murmuró él mientras la besaba hasta hacerla gemir de frustración–. Puedes hacer lo que quieras.

Besos. Los besos no tenían nada de malo.

El cuerpo del vestido se le bajó, dejando al descubierto un pecho. Por suerte, él no dejó escapar la ocasión y se lo acarició con las manos; después, con la boca.

La intensidad de su deseo la sobrecogió. Jamás se había sentido tan viva. Jamás se había sentido mejor.

Eleni lanzó un gemido cuando él la tomó en sus brazos, pero no se resistió, no se quejó. Tras un par de zancadas, se sentó en el sofá, con ella encima, a horcajadas.

Deleitada, se dejó besar y devolvió los besos, cada vez con más atrevimiento, con más entrega. Estaba insoportablemente excitada. Casi sin respiración, perdió el sentido del tiempo mientras sucumbía a las caricias de él.

Él le subió la falda del vestido y, con las yemas de los dedos, le acarició las piernas, acercándose inexorablemente a su sexo.

Eleni tembló y él, alzando el rostro, le pidió permiso con la mirada. A modo de respuesta, ella se movió ligeramente para facilitarle el acceso, incapaz de resistirse. Y, sin dejar de mirarla, él subió la mano.

–Bésame otra vez –susurró Eleni.

Él volvió a besarla, pero no en la boca. Bajó la cabeza y, apoderándose de uno de sus pezones con los labios, comenzó a chuparlo al tiempo que le acariciaba el sexo por encima de las bragas.

Eleni jadeó y se revolvió. Nadie la había tocado tan íntimamente. ¡Y cómo le gustaba!

Accidentalmente, captó su imagen reflejada en el espejo que colgaba de una de las paredes y no se reconoció a sí misma. Vio a dos desconocidos besándose y tocándose. Con el sexo, sintió el hinchado miembro de él bajo los pantalones y un incontrolable deseo de tocarle la sobrecogió. Se frotó contra la mano de él, temblando. Estaba a punto de... algo. Él, de repente, se quedó quieto y la miró. Ella apretó la mandíbula, no quería que parara.

Eleni sabía que él también la deseaba. Le sintió temblar y eso le dio confianza en sí misma.

Le permitió alzarle la falda del vestido hasta la cintura, dejándola casi por completo al descubierto, con solo la cintura cubierta por el tejido azul. Suspiró cuando el duro miembro de él se apretó contra su sexo.

Apresuradamente, Eleni le desabrochó los botones de la camisa, quería verle la piel. Cuando lo consiguió, se lo quedó mirando, sorprendida por la altamente definida musculatura de él. La ligera capa de vello le confirió una absoluta perfección. Ese hombre era la viva imagen de la virilidad.

–Toca lo que quieras –murmuró él.

Lo quería todo. Con repentinos nervios, plantó las palmas de las manos en el duro pecho de él y pudo

sentir los latidos de su corazón. Vio deseo en sus ojos
e, intuitivamente, comprendió que él estaba contro-
lando la pasión que sentía. Y, al igual que ella, lo
quería todo.

–Tócame –dijo Eleni con voz ahogada.

Al instante, él le acarició los pechos mientras ella
se frotaba contra él, adelante y atrás, y con movimientos circulares.

–Es maravilloso –murmuró Eleni–. Maravilloso.

Era extraño y delicioso. Enfebrecida por el deseo,
echó la espalda hacia atrás. Un placer imposible de
imaginar la envolvió mientras se movían con más rapidez. Los besos se tornaron devoradores. Gimió y
echó la cabeza atrás cuando él la tocó en sitios que
jamás la habían tocado, despertando su sensualidad.

Oyó un rasguido y se dio cuenta de que había sido
el tejido de las bragas. Bajó la mirada a tiempo de
verle tirar la desgarrada prenda de seda blanca y, al
cabo de unos segundos, la mano de él la tocó mucho
más íntimamente.

–Oh...

Bajo las caricias de él, se mordió los labios al
sentir una insoportable tensión en el bajo vientre. Se
movió al ritmo que marcaban las caricias de esos
dedos. Él la besó, acariciándole la boca con la lengua, al tiempo que introducía un dedo dentro de su
cuerpo.

Eleni apartó el rostro, echó la cabeza hacia atrás
sintiendo una pura agonía. Él volvió a apoderarse de
uno de sus pezones con la boca. Ella gritó al sentir
un inmenso placer recorriéndole el cuerpo y provo-
cándole violentas sacudidas.

Cuando abrió los ojos, le sorprendió mirándola al tiempo que le acariciaba un muslo.

Eleni, casi mareada, le devolvió la mirada; perpleja, se dio cuenta de que había tenido un orgasmo. Le había dejado tocarla y besarla; y él, sin desaprovechar la ocasión, la había hecho sentir cosas maravillosas. Sin embargo, casi al momento, el deseo volvió a apoderarse de ella.

Se le presentaba una oportunidad. Tenía una elección. Pero, si cruzaba cierta línea, nada podría volver a ser como antes. No obstante, la decisión era suya. Y, aunque solo fuera por una vez, estaba en sus manos controlar la situación.

Por primera vez, por una sola vez, quería intimidad física con un hombre que realmente la deseaba. Un hombre que no estaba con ella por su título, ni su pureza ni sus relaciones. Un hombre que la deseaba por sí misma, sin adornos. Ese hombre no sabía quién era ella realmente, pero la deseaba. No se trataba de amor, era solo puro deseo.

Por primera vez en la vida, se sentía deseada sin más.

Casi con violencia, se frotó contra él y le besó, y él le correspondió con la misma dureza y pasión. Gimió en la boca de él, pero este la detuvo cuando fue a deslizar la mano hasta su cinturón.

—Para, no voy a poder contenerme –gruñó él.

Eleni se lo quedó mirando sin comprender, a punto casi de llorar.

—Lo digo por tu bien –murmuró él mientras, rápidamente, se bajaba la cremallera de los pantalones–. Un segundo.

A Eleni no le dio tiempo a entender el comentario porque, en ese momento, el miembro erecto de él quedó liberado. Era la primera vez que veía a un hombre desnudo, nunca había tocado el pene a un hombre.

Él se metió la mano en un bolsillo del pantalón, sacó un pequeño envoltorio y lo abrió.

Sí, ahora lo entendía, ese hombre iba preparado. Era increíblemente guapo y viril, era un hombre que sabía cómo excitarla porque tenía experiencia. Estaba acostumbrado a esa clase de encuentros, a dar placer a una mujer.

Y, esa noche, ella no era la princesa Eleni, la princesa Eleni que siempre hacía lo que se esperaba de ella. Era solo una mujer.

—Tranquila, Blue —dijo él acariciándole un brazo.

Eleni se dio cuenta de que estaba respirando sonoramente.

—Ya sabes que, por mí, puedes hacer lo que quieras.

Él la estaba dando a elegir, a hacerse con el control de la situación. Y, esa vez, lo quería todo.

Eleni le besó. Movió las caderas y le sintió deslizándose entre los pliegues de su sexo. Él la agarró por las caderas, sujetándola, ayudándola. Ella empujó hacia abajo, ladeándose, pero su cuerpo se resistió.

Le deseaba.

Continuó haciendo presión hacia abajo. Inesperadamente, sintió un agudo dolor.

—¿Blue? Yo...

—No te preocupes, estoy bien —le interrumpió ella, haciendo un esfuerzo por recibirle dentro de sí.

–Estás muy apretada –dijo él con voz ronca.

–Y tú eres muy grande.

La llenó completamente. La fuerza y el fuego de la personalidad de ese hombre la quemó.

–¿Te he hecho daño?

–No. Bésame.

Y él la obedeció. La besó hasta hacerla ver haces de luz y arco iris y toda clase de visiones mágicas y milagrosas. Se frotó contra él. Aquello era maravilloso.

De repente, él se puso en pie, con ella encima, sin dificultad. Sorprendida, le rodeó la cintura con las piernas instintivamente. Él se dirigió a una mesa estrecha pegada a la pared, la sentó en uno de los extremos y, con cuidado, la hizo tumbarse. Seguía con las piernas alrededor de la cintura de él, con las caderas alzadas, con él dentro de ella. Y ahora tenía ese espejo a su lado, pero no volvió la cabeza para ver a esos dos extraños. Ese hombre reclamaba toda su atención.

–Esto es una locura –murmuró él–. Pero me da igual.

Y a ella también.

Las grandes manos de él la sujetaron mientras la penetraba profundamente, aflojaba un poco y volvía a hundirse en ella. Una y otra y otra vez.

Eleni se entregó a él por completo, dispuesta a dárselo todo. Se miraron a los ojos y Eleni vio en los de él lo mismo que ella sentía: perplejidad, placer, deseo.

Nunca había estado tan unida a nadie en su vida físicamente. Ni se había sentido tan vulnerable ni tan segura. Y jamás se había sentido tan libre.

–Quiero que llegues otra vez –susurró él con voz ronca–. Quiero sentir tu orgasmo.

Ella también lo quería, era justo lo que quería.

Le acarició el clítoris y ella jadeó mientras una vorágine de sensaciones se agolpaba inexorablemente, como una tormenta.

–Por favor... –gritó ella enfebrecida, clavándole las uñas. Quería que él sintiera el mismo éxtasis que empezaba a consumirla y, con frenesí, se arqueó. Por fin le oyó gruñir. Él la apretó con fuerza y se puso tenso. Y Eleni sonrió en ese segundo final. Quería reír. Quería que aquello no se acabara nunca.

Eleni cerró los ojos y comenzó a relajarse...

–¿Quién está en esta habitación?

Rápidamente, Eleni alzó la cabeza y miró la puerta. Alguien estaba tratando de abrirla.

–¿Quién está ahí?

Se oyeron risas al otro lado de la puerta.

Eleni volvió a la realidad violentamente. Todo el placer que había sentido se evaporó en un momento. Tenía que salir de allí.

Avergonzada, se quedó mirando a ese desconocido al que había devorado. ¿Qué había hecho?

Damon vio a su enmascarada amante abriendo los ojos desmesuradamente. Y notó que lo que sentía aquella joven no era vergüenza, sino temor. Estaba tan perplejo que se apartó de ella. La joven se bajó de la mesa y se alisó la arrugada ropa. Antes de poder hablar, alguien volvió a llamar a la puerta. Sonafron más voces en el pasillo.

La expresión de ella mostró pavor.

—No te preocupes, me desharé de ellos —aseguró Damon subiéndose los pantalones.

Damon se acercó a la puerta y, consciente de que estaba cerrada con llave, pegó el oído a la madera. Después de unos momentos, las voces fueron desvaneciéndose en la distancia.

Damon se volvió, pero Blue había desaparecido. No se lo podía creer.

Paseó la mirada por la estancia y, por fin, se dio cuenta de que había otra puerta a un lado de un espejo muy grande. Se dirigió a ella e intentó abrirla, pero no lo consiguió, estaba cerrada con llave. ¿Cómo había podido salir ella por allí? ¿Conocía el código? Debía de ser así; de lo contrario, su desaparición era inexplicable.

¿Quién era esa mujer? ¿Por qué se había asustado tanto de que alguien la encontrara allí?

Frunciendo el ceño, se abotonó la camisa y se colocó bien los pantalones. Por suerte, había utilizado un preservativo. Pero mientras recogía, se dio cuenta de que el maldito preservativo estaba roto y tenía... ¿sangre?

Fue entonces cuando recordó que, al principio, ella había hecho un gesto de dolor.

¿La había desvirgado? ¿Había sido él su primer amante?

Imposible. No obstante, sabía que así había sido. ¿Por qué había hecho eso ella? ¿Qué la había motivado a hacer semejante cosa?

Tenía que encontrarla. Tenía que encontrarla.

Capítulo 3

NO TIENES buen aspecto.

Eleni forzó una sonrisa y volvió la cabeza para mirar a su hermano, sentado al otro lado del pasillo del avión.

—Tenía dolor de cabeza, pero se me está pasando ya —mintió Eleni.

Se sentía fatal. No había dormido y el sentimiento de culpabilidad le revolvía el estómago.

—Las próximas semanas van a ser muy agitadas. Tienes que estar en plena forma. Quieren una princesa bonita, no una princesa pálida como la cera —el rey Giorgos volvió la atención de nuevo a la tableta electrónica, se había pasado así todo el vuelo.

—Sí.

Eleni volvió el rostro hacia la ventanilla. Había gente con banderas esperando para darles la bienvenida. Rápidamente, metió la mano en el bolso para retocarse el colorete. Por suerte, habían regresado y acababan de aterrizar en Palisades.

Giorgos la había acompañado en su visita de tres días a Santa Chiara para pasarlos con el príncipe Xander y su familia. Se alegraba de que su hermano la hubiera acompañado, eso le había evitado tener que quedarse a solas con el príncipe Xander.

Su compromiso matrimonial tenía encantadas a ambas naciones. Durante las últimas semanas, entre actos sociales y atender a los medios de comunicación, no había tenido tiempo para nada más. Sin embargo, por las noches, en la intimidad de su habitación...

Era entonces cuando pensaba en todo lo ocurrido y no cesaba de repetirse a sí misma que estaba a salvo. Ella no se lo iba a contar a nadie y el desconocido de la fiesta tampoco iba a hacerlo. Ni siquiera sabía quién era ella. Y ella tampoco sabía su nombre, solo conocía su rostro y su cuerpo.

Tembló y volvió a forzar una sonrisa cuando su hermano la miró de nuevo.

–Hoy por la mañana voy a ir al hospital a hacer mi acostumbrada visita –dijo Eleni en tono animado.

–¿No quieres descansar? –preguntó Giorgos frunciendo el ceño.

Eleni sacudió la cabeza.

Solo había sido un sórdido intercambio físico. Un encuentro entre desconocidos de unos diez minutos. Lo olvidaría pronto. Aunque, en la actualidad, revivía en su mente aquel encuentro constantemente. Pero lo peor era que quería que volviera a ocurrir. Quería más de lo mismo. Lo deseaba con todas sus fuerzas.

Entonces, se avergonzaba de sí misma. Era una traición. Estaba comprometida con otro hombre, y no dejaba de pensar en aquel desconocido. Ese arrogante e intenso desconocido de la fiesta.

Afortunadamente, nadie esperaba muestras de amor por parte de los miembros de la realeza, por lo que no había tenido que fingir delante de las cáma-

–¿Seguro que se encuentra bien?

Esa era Kassie. Damon apretó la mandíbula.

–Solo estoy un poco mareada –fue la respuesta de otra mujer.

Damon se quedó helado, perplejo. Conocía esa voz ronca. Era una voz que le había hablado en sueños... todas las malditas noches.

–¿Necesita ir al baño a vomitar? –preguntó Kassie.

–Hace unos días tuve un virus, pero creía que ya se me había pasado; de lo contrario, no se me habría ocurrido venir al hospital –murmuró la otra mujer en tono de disculpa–. Lo siento, jamás se me ocurriría poner en riesgo la salud de los pacientes.

–Son muy resistentes –la sonrisa de Kassie fue audible–. En este momento, quien me preocupa es usted. ¿Seguro que no quiere que la vea un médico?

–No, no, no es necesario. Creo que voy a volver al palacio inmediatamente. El chófer está esperando.

«¿El palacio?».

Damon se puso en pie. La misma voz, el mismo modo de hablar... Era ella.

Se dirigió a la puerta, la abrió y salió al pasillo. Pero Kassie estaba sola. Miró en ambas direcciones y no vio a nadie más.

–¿Con quién hablabas? –preguntó Damon a Kassie con aspereza.

Kassie, sorprendida, se dio la vuelta.

–¡Damon! –Kassie parpadeó–. No sabía que ibas a volver tan pronto.

–Tengo otra reunión –respondió él–. ¿Quién era la mujer con la que estabas hablando?

–Se supone que no debo decir nada porque sus visitas son estrictamente privadas –respondió Kassie en voz baja–. Hoy no se encontraba bien y se ha marchado pronto.

–¿Quién es? –insistió él.

–La princesa.

Damon, perplejo, se quedó mirando a su media hermana.

«¿La princesa Eleni de Palisades?».

La hermana menor del rey Giorgos, un hombre que, según la opinión pública, lo controlaba todo: la isla, sus sentimientos y emociones, y su pequeña familia. ¿No era el guardián y protector de la supuestamente tímida princesa?

De repente, pasaron por su mente fugazmente los titulares de los periódicos que aquella mañana había visto en el aeropuerto. No había prestado atención porque todos ellos mostraban la misma foto y los mismos encabezamientos...

¡Una futura boda real! ¡El príncipe perfecto para nuestra princesa!

Pero la princesa no era perfecta. La princesa había tenido relaciones sexuales con un desconocido unas semanas atrás. Y ahora estaba prometida. ¿Lo había hecho por rebelarse, como si fuera una quinceañera? ¿O se debía a algo más engañoso? ¿Y cuántos años tenía?

–¿Qué crees que le pasaba? –preguntó Damon a Kassie. Tenía un mal presentimiento.

–No lo sé con seguridad. Pero estaba muy pálida, tenía náuseas...

–¿Adónde ha ido?

Kassie se lo quedó mirando.

–Ha vuelto al palacio. Viene al hospital de visita todos los viernes, no falta nunca –Kassie sonrió–. No me parece que sea tu tipo.

Damon hizo un esfuerzo por responder en tono de no darle importancia.

–¿Crees que tengo un tipo?

Kassie lanzó una carcajada.

–La princesa Eleni es muy dulce y muy inocente.

En eso, Kassie se equivocaba. La princesa Eleni no era ni dulce ni inocente. La princesa Eleni era una mentirosa y una tramposa, y él iba a destrozar su reputación.

Ahora, por fin, sabía dónde y cómo ponerse en contacto con ella. Lo único que tenía que hacer era esperar una semana más.

Capítulo 4

EN SU CUARTO de baño, Eleni se miró al espejo. Tenía el rostro muy pálido, sentía náuseas y estaba cansada todo el tiempo. Le dio otro ataque de náuseas, violento. Evitaba los espejos desde la noche de la fiesta, no podía mirarse sin ver a esos dos desconocidos con los cuerpos entrelazados... Había transcurrido un mes desde aquella noche.

Se miró los pechos y contuvo un gemido. ¿Eran imaginaciones suyas o tenía los senos más grandes? Debía de ser porque estaba a punto de tener el periodo, ¿no? No. Por fin debía enfrentarse al hecho que había tratado de ignorar desesperadamente. El periodo se le había retrasado.

Dos semanas.

Pero había estado muy ocupada. Había viajado mucho. Su ciclo menstrual podía haberse trastornado...

Volvió a verse presa del pánico. Había un motivo que podía ser la causa de tantas náuseas.

No, eso era imposible. Le había visto ponerse el preservativo. No podía estar embarazada. Cerró los ojos, pero las lágrimas le resbalaron por las mejillas. Necesitaba ayuda, ya.

Sin embargo, nadie podía ayudarla. No tenía amigas en quien poder confiar. Las amigas de su infancia habían sido seleccionadas cuidadosamente en virtud de la lealtad a la corona de sus familias; eran conocidas, no amigas, y la mayoría estaban estudiando en Europa.

Eleni había estudiado en casa; al parecer, por su seguridad, según Giorgos. Ella no había puesto objeciones, no había querido causar problemas.

Ahora, le aterrorizaba causar problemas a su hermano. Pero eso no iba a tener remedio.

Temblando, se duchó y se vistió. Rápidamente, envió un correo electrónico a la secretaria de Giorgos pidiendo una visita con él esa misma tarde. Su hermano estaba muy ocupado, pero el príncipe Xander iba a ir esa tarde a la isla para pasar una semana con ella de vacaciones. La idea le aterrorizaba. Tenía que hablar con Giorgos inmediatamente, antes de que Xander llegara. Tenía que explicarle la situación.

Eleni agarró una chaqueta y se metió un gorro en el bolsillo mientras su dama de compañía, Bettina, pedía por teléfono que le llevaran el coche.

Iba a ir al hospital mucho más tarde de lo acostumbrado, pero estaba desesperada por salir de su suite y alejarse de la dama de compañía, que estaba organizando muestras de vestidos de novia de los mejores diseñadores del mundo. Dado que la semana anterior se había marchado del hospital tan bruscamente, no podía faltar ese día. Iba a controlar las náuseas y también su vida.

Una vez en el hospital, le pidió a Tony, su escolta, que la esperara fuera. Pero no se dirigió al departamento al que solía ir, sino a la otra ala del edificio. Mientras recorría el pasillo, se puso el gorro y caminó en dirección al jardín. Necesitaba prepararse para la charla con los pacientes que había ido a visitar. Llevaba semanas mintiendo, diciendo lo feliz que le hacía su pronta boda con el príncipe Xander. Estaba agotada.

Se apoyó en la baranda de hierro forjado con vistas al río. ¿Qué iba a decirle a Giorgos?

«Lo siento. Lo siento mucho».

Eso no era suficiente. Le aterrorizaba la decepción que iba a causar a su hermano. Lo que había hecho la noche de la fiesta era lo más horrible que había hecho en su vida.

Algo, quizá la intuición, le hizo pensar que no estaba sola. Con cautela, se volvió.

–¿Te encuentras bien? –el hombre estaba a unos pasos de ella–. ¿O no?

Notó amargura en esa voz. Era él.

Alto, moreno y peligroso. Vestía pantalones negros, jersey negro y gafas de piloto de avión. Su expresión era ilegible.

–No tiene sentido que sigas escondiéndote, Eleni –dijo él–. Sé quién eres y sé cuál es tu problema.

Eleni se quedó helada.

–Yo no tengo problemas.

–Sí, tienes uno. Tú y yo somos los causantes del problema. Lo creamos juntos y juntos vamos a solucionarlo.

Le flaquearon las piernas. Con horror, se dio cuenta de que él lo sabía.

–Lo siento, pero no sé quién es ni sé de qué me está hablando –dijo ella automáticamente–. Y ahora, si me disculpa, tengo que marcharme.

–No –él se quitó las gafas de sol–. No te disculpo.

A Eleni se le encogió el corazón al ver reflejados en esos ojos azules acusación, traición, ira y... algo más.

Algo que no se atrevió a definir.

Eleni cerró las manos en dos puños, se las metió en los bolsillos de la chaqueta y luchó contra una súbita parálisis.

—Tengo que marcharme.

—No, esta vez no vas a escapar. Ven conmigo, Eleni. Sabes perfectamente que tenemos que hablar.

—No puedo hacer eso.

¿Por qué no se le había ocurrido decirle a su escolta adónde iba?

—Sí, claro que puedes. Porque si no lo haces...

—¿Qué? ¿Qué vas a hacer?

Por supuesto, sabía que él le lanzaría un ultimátum. Ese hombre había tomado una decisión, se le veía en el rostro. Estaba furioso.

—Si no vienes conmigo ahora para solucionar esto, le diré a todo el mundo que estás embarazada porque te acostaste con un desconocido en la fiesta del palacio.

—Nadie te creería —murmuró ella.

—¿Tan bien se te da mentir? —estaba más que furiosa—. ¿Quieres ser el centro de un escándalo? ¿Quieres que aparezca en los medios de comunicación, ahora que vas a casarte, que estás embarazada y que no ha sido tu prometido quien te ha dejado preñada?

—Nunca he sido la princesa perfecta —respondió ella a la defensiva, dolida e incapaz de mantener la calma un segundo más.

—Venga, vamos —la suavidad del tono de voz de él le sorprendió.

—No puedo —repitió Eleni apretando los dientes—. Mi prometido viene esta tarde a Palisades.

—¿En serio? —él la miró con cólera—. ¿De verdad

es esa la clase de vida que quieres? Te sientes totalmente perdida, Eleni.

—Tú no sabes cómo me siento, no sabes nada de mí.

Ese hombre no sabía nada sobre ella y ella sabía aún menos sobre él, ni siquiera conocía su nombre.

Aunque, si era sincera consigo misma, eso no era totalmente cierto. Sabía cosas más importantes que su nombre, sabía que era un hombre decidido, fuerte y considerado.

—Sé que estás embarazada y que seguramente soy yo el responsable. Como mínimo, tienes que hablar conmigo.

Ese hombre no la iba a dejar en paz y era perfectamente capaz de llevar a cabo su amenaza, eso también lo sabía. No obstante, intentó recuperar la compostura.

—Está bien, habla si quieres.

—Aquí no, en un sitio donde podamos conversar en privado, donde no puedan vernos.

Eso tenía sentido, pero era imposible. Eleni sacudió la cabeza.

—Tengo el coche aquí al lado –dijo él, ignorando la negativa de ella.

Eleni sabía que no debía ir a ningún sitio sola con un hombre y mucho menos con ese.

—Si no vienes, me dirigiré a los medios de comunicación inmediatamente –declaró él con frialdad–. Y tengo pruebas, tengo tus bragas.

Eleni se quedó boquiabierta.

—No te atreverías –dijo ella con voz ahogada.

—Estoy decidido a hacer lo que sea necesario con el fin de aclarar la situación –respondió él al tiempo que volvía a ponerse las gafas de sol–. Te sugiero que me acompañes, ahora mismo.

¿Qué otra alternativa le quedaba?

Entraron en el hospital y giraron a la derecha, en vez de a la izquierda, en dirección opuesta al lugar en el que el escolta la esperaba. Con un poco de suerte, Tony tardaría en darse cuenta de que no estaba allí, nunca antes le había causado problemas.

Eleni entró en el coche y se acomodó en el asiento contiguo al del conductor.

–Cinco minutos –dijo ella cerrando la portezuela.

Él se colocó al volante, cerró las puertas del coche y puso en marcha el motor.

–Será mejor que te abroches el cinturón de seguridad –dijo él sacando el coche del espacio en el que había aparcado–. Esto va a llevar más tiempo del que crees, cielo.

–¿Adónde me llevas? –Eleni sintió un sudor frío en todo el cuerpo.

–Ya te lo he dicho, a un sitio en el que podamos hablar en privado.

–No puedo marcharme, tengo que quedarme aquí –dijo ella aterrorizada.

–Sé perfectamente lo rápida que eres, Eleni. Esta vez, no voy a arriesgarme a que puedas escapar.

Sorprendida, Eleni volvió el rostro para mirarle.

–Tranquilízate –dijo él lanzándole una fugaz y burlona mirada–, no voy a hacerte daño, princesa. Solo quiero hablar contigo.

Eleni sabía que no iba a hacerle daño físicamente, de eso no tenía duda. Pero podía hacerle daño de otras maneras.

–Me llevas ventaja. Ni siquiera sé cómo te llamas.

–Vaya, ¿por fin estás lo suficientemente interesada en saber mi nombre? –él apretó con fuerza el volante–. Me llamo Damon Gale. Soy el director general de una empresa de tecnología dedicada a la realidad aumentada. Tengo también otra empresa especializada en robótica. La mayoría de las mujeres me consideran un buen partido.

«Damon». Un nombre viril. Le sentaba bien.

–Yo no soy como la mayoría de las mujeres –declaró ella, molesta por la arrogancia de él–. Y muchos hombres me consideran un buen partido.

Damon murmuró algo ininteligible al tiempo que aparcaba el coche en un estacionamiento al aire libre.

–Bueno, ya hemos llegado.

Eleni miró a su alrededor y se dio cuenta de que estaban en el puerto deportivo.

–¿Por qué hemos venido aquí?

–Porque necesito asegurarme de que no vas a desaparecer otra vez como por arte de magia y tampoco vamos a tener esta discusión en los asientos de un coche –Damon se la quedó mirando–. Necesitamos más espacio.

¿Espacio? El corazón le latió con fuerza al encontrarse con esos ojos azules. Aparte del susto, la sorpresa, el temor... sintió otras cosas.

«He poseído a este hombre. Este es el hombre al que deseo».

Una repentina pasión se desató en su cuerpo. Imparable. Inesperada. Innegable.

Capítulo 5

EN LA fiesta, Damon se había dado cuenta de que los ojos de ella no podían ser tan azules, tan poco naturales, pero su verdadero color le había dejado sin respiración. Los ojos de Eleni eran verdes, una infinidad de tonos verdes que le impedían apartar la mirada.

«Ella miente», se recordó a sí mismo. Una y otra vez.

La atractiva princesa Eleni Nicolaides le había utilizado, no era posible que quisiera besarla. Y ahora, por fin, tenía la certeza de que estaba embarazada, de que él la había dejado embarazada.

Damon salió del coche, rodeó el vehículo, abrió la portezuela de ella y la ayudó a salir. Tardaron un minuto solamente en llegar a su velero. Una vez allí, ella se detuvo y se quedó contemplando el barco.

–Vamos, Eleni –dijo Damon–. Sube, tenemos que hablar.

–Tienes que llevarme de vuelta pronto –Eleni se retorció las manos–. Deben de estar preocupados, no saben dónde estoy.

–Seguro que pueden esperar un poco más –murmuró Damon.

La ayudó a subir y, pasando de largo por la cabina, la llevó al salón. Las ventanillas tenían cristales polarizados, por lo que nadie podía verles, y había dado instrucciones a su pequeña tripulación de que se mantuvieran apartados y se dedicaran a su trabajo.

Damon se plantó delante de la puerta, la única salida de la estancia. Debía tener cuidado con esa mujer.

—Quítate el gorro —ordenó él.

Eleni se quitó el gorro. Su pelo, en vez de largo y azul, era rubio y lo llevaba cortado por debajo de la barbilla.

—¿Cómo has descubierto quién era? —preguntó ella con esa voz malditamente ronca.

Damon sacudió la cabeza.

Eleni era alta y delgada, fuerte y femenina, con unas curvas que le hacían reaccionar sexualmente al instante. Tenía una piel perfecta y un rostro cautivador. Pero esa belleza ocultaba una personalidad sorprendentemente lasciva.

—Sabías que iba a ir al hospital —añadió Eleni al ver que él no contestaba—. ¿Cómo te has enterado?

Damon no la había hecho ir allí para contestar a sus preguntas.

—¿Pensabas decírselo? —preguntó él a su vez.

En ese momento, Damon sintió la vibración de los motores. Ya era hora. Fríamente satisfecho, la miró en silencio acercarse a la ventanilla al ponerse en movimiento el barco.

—¿Adónde me llevas? —preguntó Eleni alzando la voz.

—A un sitio en el que podamos estar solos.

Un lugar aislado.

–Aquí tenemos privacidad. No necesitamos ir a ningún otro lugar –dijo ella con una nota de pánico en la voz–. Esto es un secuestro.

–¿En serio? Has consentido en acompañarme.

–No sabía qué tenías pensado... –Eleni palideció–. No puedo ir a ningún sitio.

–¿Por qué no? No es la primera vez, ¿verdad? –dijo él con dureza.

Esa mujer se había acostado con él a pesar de estar prometida a otro hombre. Esa mujer se había escapado después, sin más. Y esa mujer estaba embarazada y, al parecer, se lo estaba ocultando a todo el mundo.

Damon se sentía traicionado. Le habían utilizado. Su padre le había utilizado para ocultar sus infidelidades. Su madre le había utilizado para promocionar sus aspiraciones políticas, incluso había llegado a decirle que no le habría tenido de no ser por el posible beneficio que eso podía proporcionar a su carrera profesional. Su padre no solo había estado de acuerdo, sino que también había esperado que él lo comprendiera y se comportara de la misma manera que ellos. Que se convirtiera en un parásito, que no permitiera que nada ni nadie se interpusiera en su camino para alcanzar el éxito. Él se había negado y había jurado que jamás volvería a permitir que nadie le utilizara.

Pero Eleni lo había hecho.

Sin embargo, la expresión del rostro de ella mostraba sufrimiento. Eleni tenía los ojos empañados y le temblaban los labios.

Un repentino deseo le obligó a acercarse a ella. Furioso, cerró la puerta con llave y se metió las manos en los bolsillos. El deseo sexual había sido el motivo de que se encontrara en semejante lío.

Era una locura. Una vez más, se recordó que, realmente, no conocía a esa mujer, lo único que sabía de ella era que tenía una gran capacidad para ocultar información. Pero mientras la observaba, la vio palidecer hasta el punto de...

—Eleni... —Damon se acercó a ella rápidamente.

—¡Demonios! —exclamó Eleni tapándose la boca con la mano.

«Sí, demonios». Damon le pasó un jarrón decorativo justo a tiempo.

«No, no, no».

Eleni gruñó, pero las náuseas no le dieron tregua.

—Siéntate, estás a punto de desvanecerte —murmuró él.

—No estoy acostumbrada a los barcos —contestó ella.

—Si vas a mentir, será mejor que te esfuerces un poco más. De todos es sabido que te encanta navegar en veleros, princesa. Tienes náuseas porque estás embarazada.

Eleni tenía el estómago demasiado revuelto como para contradecirle. Además, ¿de qué le valdría?

—Necesito un poco de aire fresco.

—Tienes que esperar a que nos alejemos de la isla para salir.

—Estás de broma, ¿no? —Eleni le miró horrorizada—. Vas a provocar un incidente a escala internacional.

–¿Eso crees? Me parece que la situación va a empeorar mucho más cuando se enteren de que voy a ser el padre del hijo que vas a tener.

Eleni cerró los ojos y lanzó un gruñido.

–Por favor, ¿podrías indicarme dónde está el baño?

–Por supuesto.

Damon la condujo a un pequeño cuarto de baño, abrió un cajón y le dio un cepillo de dientes. Ella lo agarró y, una vez a solas, respiró con alivio.

Pero Damon estaba esperándola al otro lado de la puerta cuando salió del baño a los pocos minutos.

Regresaron al salón justo en el momento en que un hombre uniformado de la tripulación estaba saliendo. El hombre no dijo nada, ni siquiera la miró.

–¿Quién era? –preguntó Eleni.

–Alguien sumamente discreto y muy bien pagado.

El miembro de la tripulación había dejado un vaso de agua y unas galletas saladas. Eleni volvió el rostro, en esos momentos no podía comer nada.

–Debes de ser muy ingenuo si piensas que no te va a traicionar –dijo ella.

El hombre la había reconocido. Antes o después irían a rescatarla.

–No sería la primera vez que me traicionaran, Eleni. Pero, en esta ocasión, he tomado mis precauciones.

Eleni le miró y se preguntó quién le habría traicionado. De repente, se le heló la sangre.

–Lo has planeado todo, ¿verdad?

La tripulación estaba lista, a la espera; sin duda, Damon les había pagado generosamente. Quizá debiera estar asustada, pero no era así, no se creía en peligro. Por el contrario, en ese momento, una loca emoción la embargó.

Sentía alivio.

Damon era más peligroso de lo que se había imaginado. No podía evitar reaccionar en presencia de él. Era como si, cuando estaba con él, lo demás dejara de tener importancia. Ese hombre tenía un inmenso poder sobre ella.

Fue entonces cuando recordó que Damon no estaba completamente seguro de ser él quien la había dejado embarazada. Quizá pudiera convencerle de que no era él. De conseguirlo, Damon la llevaría de vuelta a la isla. E, inmediatamente, ella iría a ver a Giorgos. Debería haberlo hecho ya.

—No puedo quedarme aquí —dijo Eleni en tono de súplica.

—Déjalo, Eleni. Ya estás aquí —replicó él con indiferencia—. La cuestión es, ¿puedes ser sincera?

Con él, no. En ese momento, no.

—Dime, Eleni, ¿qué otro hombre podría haberte dejado embarazada? —preguntó él mirándola con intensidad—. ¿Acaso ni siquiera puedes acordarte de todos?

Eleni enrojeció, no sabía qué decir.

—Hiciste el amor conmigo en la fiesta a los cinco minutos de conocerme —murmuró él con desprecio—. Ni siquiera sabías cómo me llamaba.

—Tú tampoco sabías quién era yo —contestó ella acalorada—. Y utilizamos un preservativo.

—Pero yo no estaba prometido con nadie.

Eso le dolió porque era verdad.

—Yo tampoco —respondió Eleni débilmente.

–Oficialmente, no –los ojos de Damon mostraban desprecio–. Pero sí extraoficialmente. Sabías que iban a anunciar tu compromiso matrimonial inmediatamente. Le debías fidelidad y le engañaste.

Damon tenía razón, pero no conocía la realidad del matrimonio al que la iban a someter. Retrocedió hasta chocarse contra la pared y él la siguió.

–Dime, ¿cuántos más ha habido? –preguntó Damon en voz demasiado baja.

–Por lo menos, cuatro.

–Mentirosa –Damon le acarició la mejilla–. ¿Por qué no dices la verdad, Eleni?

El susurro fue tan tentador...

Eleni alzó la barbilla, decidida a no dejarse seducir otra vez.

–No tengo que darte explicaciones.

–¿De qué tienes miedo? ¿De que el mundo entero descubra tu secreto? ¿De que se enteren de que a la pura y casta princesa Eleni le gusta disfrazarse y acostarse con el primero que se le cruce en el camino? ¿De que no logra saciarse? ¿Te avergüenzas de lo que pasó?

Los ojos se le llenaron de lágrimas. Claro que se avergonzaba. No lograba comprender cómo había podido pasar. No entendía cómo había perdido el control de sí misma. Y tampoco comprendía cómo la había traicionado su cuerpo, que en ese momento anhelaba que él la tocara.

¡Estaba ocurriendo otra vez!

Hormonas. Química.

–Te gusta. Lo quieres –murmuró él.

–Y lo consigo –le espetó ella. Y, con furia, desesperadamente, le empujó–. Con cualquiera, en dónde sea.

–¿En serio?

–Sí, en serio –respondió ella en tono desafiante.

Damon sonrió. Era una sonrisa seductora e incrédula.

–¿No se te ha ocurrido pensar que pueda ser mi prometido quien me ha dejado embarazada?

La sonrisa de él se desvaneció.

–No lo creo, princesa. No te has acostado con él. He sido yo el primero, Eleni. Eras virgen cuando hicimos el amor.

La verdad le abofeteó el rostro.

–¿Por qué mientes? –preguntó él acercándosele, inclinándose sobre ella–. ¿No dices nada?

¿Cómo podía explicárselo?

–No tiene nada de malo que a una persona le guste el sexo –dijo Damon–. Pero sí mentir y engañar para conseguirlo.

Eleni tembló, avergonzada de lo excitada sexualmente que estaba. Ya no podía mirarle a los ojos, él veía demasiado en los suyos. Quería esconderse de ese hombre, de sí misma.

–Eleni.

Ella continuó negándose a mirarle.

–Vamos, Eleni. Deja de mentir. Deja de engañar –murmuró él–. La verdad.

Damon le acarició los labios con la yema de un dedo. La leve caricia la hizo estremecer de placer. Y, cuando entreabrió los labios, Damon la besó. Introdujo la lengua en su boca y la saboreó hasta hacerla gemir. Con suma facilidad. Entonces, le rodeó la cintura con los brazos y continuó besándola.

Tras todas esas noches sin conciliar el sueño, por fin estaba con ella. Otra vez. Pasión y dureza.

Damon la acarició con las manos y los labios, por todo el cuerpo. Le besó la boca, la mandíbula, la garganta... Le pasó las manos por los pechos, por el vientre y acabó subiéndole la falda. Siguió por los muslos, más arriba... Exigiendo y recibiendo aceptación, intimidad, entrega. Al instante. Intensamente.

–Eleni... –susurró él–. ¿Cuántos amantes has tenido?

Incapaz de contener la pasión, buscó con el cuerpo ese atormentador dedo que estaba tan cerca, que la excitaba hasta el punto de no poder resistirse. Entonces, con un desesperado suspiro, se rindió y confesó.

–Uno.

Damon la recompensó con unas caricias que la enloquecieron. No podía respirar. Estaba a punto, a punto.

–¿Y cuántas veces has hecho el amor con un hombre?

Una caricia más. Solo necesitaba una caricia más para saciarse.

–Una.

Su respuesta pareció enojarle. Damon la sujetó con fuerza y la besó con dureza. Con pasión y despiadadamente, la lengua de él le devoró la boca. Era un hombre dominante y exigente, y ella no pudo evitar entregarse a la pasión.

Eleni le besó con furia, él sabía lo excitada que

estaba y que por eso le odiaba. Pero no podía controlar sus emociones ni contener su deseo.

De repente, él apartó los labios de los de ella.

–¿Cuántos hombres te han besado así? –preguntó
él.

–Uno –respondió Eleni jadeante.

–¿Y cuántos hombres te han besado... aquí? –Damon deslizó los dedos por debajo del fino tejido de
las bragas y le acarició el húmedo sexo.

Eleni jadeó. A punto de tener un orgasmo, le temblaron las piernas mientras le miraba fijamente a los
ojos.

–Contéstame, Eleni –susurró él brutalmente.

–Ninguno –murmuró ella.

Damon volvió a besarla. De repente, Damon la
alzó en brazos y la llevó al sofá. Y ella se lo permitió.
Le deseaba. Pero, cuando Damon le levantó más la
falda al tiempo que se arrodillaba entre las piernas de
ella, se dio cuenta de qué iba a ocurrir. En un momento de lucidez, Eleni jadeó y cambió de postura.

–No te escondas. Voy a besarte. Voy a saborear
todos y cada uno de los centímetros de tu cuerpo.

Las brutales palabras de Damon la sorprendieron.
Ciegamente, se dio cuenta de que Damon, al igual
que ella, estaba a punto de perder el control, que
también estaba a punto de perder la razón.

Eleni lanzó un grito al sentir el primer beso de él
en su sexo. Entonces, el indescriptible placer que
sentía la hizo gemir y gemir.

Eleni gritó cuando un torrencial éxtasis la envolvió. La exquisita tortura la hizo sacudirse espasmó-
dicamente.

Después, Damon se incorporó, se apretó contra ella y la penetró. Sentirle dentro reavivó la llama de la pasión. Le quería completamente dentro de su cuerpo, llenándola.

Pero Damon no se movió.

Eleni se quedó quieta, con el rostro pegado a los brazos de él.

De repente, sintió vergüenza y quiso apartarse, escapar. Pero Damon la agarró por las caderas, sujetándola.

—Deja de huir —gruñó él salvajemente—. Tenemos que discutir unos asuntos.

—¿Discutir unos asuntos? —le espetó ella—. Tú no discutes, tú das órdenes. Y tú... tú...

—Tomo decisiones —concluyó Damon, tan enfadado como ella—. Y seguiré haciéndolo. Para empezar, no vas a casarte con el príncipe Xander de Santa Chiara. Te vas a casar conmigo.

Capítulo 6

NO VOY a casarme contigo –le espetó Eleni, apartándole con un furioso empujón–. No voy a casarme con nadie.

–Ya –dijo Damon perezosamente, poniéndose en cuclillas y lanzándole una mirada burlona–. Por eso es por lo que están haciendo los preparativos para la boda del siglo, ¿no?

Eleni estaba harta de la arrogancia de ese hombre. Con irritación, movió las piernas, juntándolas, y se bajó la falda. Estaba demasiado avergonzada para ponerse a buscar las bragas.

–Ya había decidido no casarme.

–¿En serio? –Damon se puso en pie–. ¿Y qué ibas a hacer?

–Eso todavía no lo sabía.

–¿Por qué no decírselo a la cara? ¿Por qué no hablar con él?

Eleni alzó los ojos al cielo. Damon hablaba como si todo fuera muy fácil.

–Giorgos no iba a hacerme caso.

–¿Giorgos? –Damon arqueó las cejas–. ¿Y qué me dices del hombre con el que supuestamente ibas a casarte?

¿Qué? Ah, Damon se refería a Xander. ¡Como si pudiera hablar con ese hombre! Apenas le conocía.

–Supongo que no estás enamorada de él, ¿no? Hablo del príncipe Xander –comentó Damon sarcásticamente.

–No, claro que no. De haber estado enamorada, no habría hecho contigo lo que hice.

–En ese caso, ¿por qué te ibas a casar con él?

–Porque estaba decidido desde hacía mucho.

–¿Lo ibas a hacer por obligación?

–Tanto su país como el mío se beneficiarían...

–¿Una alianza de ambos países para limar posibles asperezas? –Damon lanzó una despectiva carcajada–. Increíble.

–Creo que no comprendes cierto tipo de sutilezas.

–No, claro que no –murmuró él con cinismo–. ¿Y mi hijo, o hija, iba a ser el fruto de una unión así? ¿Iba a criarse en un hogar desprovisto de cariño con unos padres que, la mayoría del tiempo, iban a estar ausentes?

Eleni, sorprendida por su vehemencia, se lo quedó mirando.

–Jamás permitiré que hagan eso con un hijo mío –declaró Damon con dureza–. Sé qué repercusiones puede tener una unión basada en la política y haré todo lo que esté en mis manos para evitar que mi hijo se críe en un ambiente así.

–No voy a casarme con él –dijo Eleni en voz baja–. Sé que no puedo hacerlo.

–No obstante, si no te casas, tu hijo será considerado un bastardo. Aunque estemos en el siglo XXI, tú eres una princesa y se esperan de ti ciertas cosas.

Lo peor era que Damon tenía razón.

Eleni se puso en pie y comenzó a pasearse por la estancia retorciéndose las manos.

—Tengo que llamar a Giorgos —dijo ella.

Hacía ya casi dos horas que había salido de Palisades y su hermano debía de estar ya muy irritado.

—Estoy de acuerdo.

—¿En serio?

—Por supuesto. Lo mejor será que se lo cuentes todo. ¿Crees que podrás hacerlo sola o... vas a necesitar ayuda?

Eleni se pasó una mano por la frente. Aún no se había atrevido a explicarle a Giorgos la situación. Pero, si quería que su hermano la tratara como a una persona adulta, debía comportarse como tal.

Eleni, con decisión, agarró el teléfono y llamó a su hermano.

—Giorgos, soy yo —dijo ella volviéndose de espaldas a Damon.

—Eleni, ¿dónde estás? —Giorgos siempre exigía respuestas inmediatas—. Vuelve al palacio ahora mismo. No tienes idea de los problemas que has causado.

—Aún no voy a volver, Giorgos. Necesito tiempo para reflexionar.

—¿Para reflexionar? ¿Sobre qué? —su hermano decidió ignorarla—. Tu prometido ya está aquí. ¿O es que se te ha olvidado que vas a hacer un pequeño viaje con él?

—No puedo hacer eso, Giorgos.

—¿Que no puedes? —preguntó Giorgos con impaciencia.

Eleni cerró los ojos e hizo acopio de todo su valor.

–Estoy embarazada, Giorgos –declaró ella sencillamente–. El príncipe Xander no es el padre.

Hubo un silencio.

Siete largos segundos de un horrible silencio.

–¿Quién? –preguntó Giorgos por fin en un mortal
susurro–. ¿Quién?

–Eso no importa...

–Haré que lo maten. Dime su nombre.

–No.

–Eleni, dime quién es. Haré que lo...

–Giorgos, déjalo, haz el favor –Eleni acababa de
interrumpir a su hermano por primera vez en su
vida–. De lo contrario, te juro que jamás regresaré.
Desapareceré.

Eleni tenía el corazón destrozado. Se sentía culpa-
ble. Le horrorizaba hacer eso al hermano al que tanto
quería. Pero continuó.

–Su identidad no es importante. No me sedujo. Lo
hice voluntariamente. Fui yo quien cometió una equi-
vocación, Giorgos. Y soy yo quien tiene que encontrar soluciones. Di a Xander que estoy enferma o que
me he escapado o... lo que quieras decirle. Pero no
voy a volver. Aún no. Antes tengo que aclararme las
ideas y decidir qué es lo que quiero hacer.

–¿Estás con ese sinvergüenza en estos momentos?
–preguntó Giorgos con impaciencia.

–Tampoco voy a casarme con él –declaró Eleni.

Eleni no llegó a entender la murmurada impreca-
ción de su hermano.

–Voy a tener un hijo, mi hijo. Un Nicolaides –por
fin, sintió un poco de paz interior.

Eso era lo que debería haber hecho desde el principio.

–Y, por favor, no le eches a Tony la culpa de que haya logrado escapar a su vigilancia. Él no ha podido evitarlo.

–Si tu guardaespaldas no sabe que te has ido es, evidentemente, un incompetente. Ya ha sido despedido.

–Él no ha tenido la culpa –repitió Eleni alzando la voz. Tony llevaba con ella desde hacía años, tenía esposa y dos hijos, necesitaba ese trabajo–. Yo le dije...

–Mentiras –le espetó Giorgos–. Pero perderte de vista ha sido culpa suya. No es asunto tuyo que pierda su trabajo.

–Pero...

–Deberías haber tenido en cuenta las consecuencias de tus actos, Eleni. Y van a tener repercusiones para todos los ciudadanos de Palisades. Y de Santa Chiara.

A Eleni se le llenaron los ojos de lágrimas. De una forma u otra, tendría que hacer algo por Tony. Otro problema que debía resolver.

–¿Cómo voy a evitar el escándalo, Eleni? –preguntó Giorgos.

Eleni se encogió. ¿Era eso lo más importante, la reputación de la familia real? No obstante, sabía que estaba siendo injusta con Giorgos, su hermano solo intentaba protegerla. Era lo que había hecho siempre. Y se había excedido.

–No sabes cuánto lo siento –dijo Eleni–. Asumiré toda la responsabilidad. Te llamaré cuando pueda.

Eleni cortó la conversación antes de que su hermano pudiera seguir amonestándola. Al volverse, vio a Damon sentado en el sofá como si estuviera viendo una película entretenida.

—¿Tenías que escuchar la conversación? —preguntó ella con enfado mientras se secaba las lágrimas—. Sabes perfectamente que van a rastrear el origen de la llamada.

—Y les conducirá a una cabaña aislada de Estonia —Damon se encogió de hombros—. Trabajo con tecnología, Eleni. Te aseguro que van a tardar unos días en encontrarnos. Estamos aislados, a salvo.

—¿Qué es esto, el barco de un superhéroe? —Eleni sacudió la cabeza—. Van a rastrear toda la costa.

—Estamos a muchos kilómetros de la costa y tu hermano ya sabe que estás bien. Le has sorprendido, Eleni. Estoy seguro de que esperará a que vuelvas a llamarle. En estos momentos, lo que menos quiere es la publicidad que conllevaría una operación de rescate.

Había dejado perplejo a Giorgos. Una vez que se le pasara la sorpresa, se sentiría decepcionado. Se alegraba de no estar allí para presenciarlo.

—Hay otra posibilidad de la que no hemos hablado —dijo Damon con expresión inescrutable—. Estás al principio del embarazo, podrías abortar...

—No —le interrumpió ella con vehemencia.

Ella era una privilegiada. Tenía dinero. Podía cuidar de su hijo.

Y era su hijo.

Por primera vez en la vida, iba a tener algo que era únicamente suyo. Su responsabilidad. Iba a cuidarlo, amarlo y protegerlo. Nadie se lo iba a arrebatar. Tenía una salida, si era capaz de enfrentarse a su hermano. Y estaba decidida a hacerlo.

–No voy a casarme con el príncipe Xander –declaró ella con pasión–. Y tampoco voy a casarme contigo. No me voy a casar con nadie, pero voy a tener a mi hijo –por fin, se sintió fuerte–. Dispongo de medios más que suficientes para mantener a mi futuro hijo, no necesito a nadie. Y eso es lo que voy a hacer.

–¿En serio? –Damon adoptó una expresión escéptica–. ¿Y si Giorgos te desheredara? ¿Cómo podrías mantener así a tu hijo?

–Mi hermano no haría eso nunca –su hermano iba a estar muy desilusionado, pero jamás la abandonaría.

–Aunque así sea, ¿qué precio estás dispuesta a pagar por un momento de placer? –dijo Damon–. Sufrirías el resto de tu vida.

–Podría irme a vivir a uno de los pueblos remotos, apartada de todo.

Lo que realmente le dolía era haber decepcionado a su hermano, pero cuidaría de su hijo. Tampoco iba a permitir que Damon la influenciara.

–O sea, que has decidido volver a huir, ¿eh? En lo que no has pensado es en el precio que mi hijo acabaría pagando por ello.

Eleni enrojeció. Damon hablaba como si ella estuviera pensando solo en sí misma, no en su hijo. Pero no era así.

–No voy a casarme contigo –repitió Eleni.

No podía hacerlo.

Lo último que Damon Gale quería en el mundo era casarse, ni con ella ni con ninguna otra mujer, pero que Eleni le hubiera rechazado le irritó mucho.

Se había jurado a sí mismo no tener nunca una relación seria. No obstante, ahora le parecía un insulto que ella hubiera rechazado su proposición matrimonial. ¿Por qué Eleni le había rechazado? ¿Porque no era un príncipe?

—Jamás permitiré que se utilice a mi hijo en manipulaciones políticas —declaró Damon echando chispas por los ojos.

Eleni se limitó a alzar la barbilla y a devolverle la mirada.

Quizá no quisiera casarse con él, pero le deseaba.

—¿Qué es lo que pensabas durante la fiesta? —Damon no podía comprender por qué Eleni había corrido semejante riesgo. ¿Había tenido relaciones sexuales con él solo con el fin de sabotear su propia boda? ¿Hasta el punto de estar dispuesta a perder su virginidad?

—Es evidente que no estaba pensando. Y tú, ¿qué pensabas?

Damon se apoyó en la pared. Había pensado en lo hermosa que era ella, en lo vulnerable que le había parecido.

—Fui a buscarte porque había descubierto que el preservativo se había roto. Pero tú habías desaparecido como por arte de magia y... —Damon se interrumpió—. Me marché de Palisades al día siguiente. Pero volví y seguí buscándote, pero nada. Pregunté a...

—¿Que preguntaste?

—Sí, a todo el mundo que conozco. Nadie te había visto en la fiesta. No volviste al baile —Damon sacudió la cabeza—. ¿Por qué lo hiciste? ¿Por qué te marchaste así?

Eleni se encogió de hombros.

—¿No pensaste en ningún momento en intentar ponerte en contacto conmigo?

El hermoso rostro de ella palideció.

—No sabía quién eras, no sabía cómo te llamabas. Como comprenderás, no iba a pedir una lista de todos los hombres invitados a la fiesta. No podía arriesgarme a despertar sospechas. No podía preguntarle a nadie.

—¿Tan difícil te habría resultado consultar la lista de invitados? —preguntó Damon con irritación—. No te habría resultado nada difícil descubrir quién era, Eleni. Lo que pasa es que no quisiste hacerlo —y eso le disgustaba más de lo que estaba dispuesto a admitir.

—De haberlo hecho, me habrían preguntado por qué.

—Y no querías hacerlo porque estabas prometida con otro hombre —frustrado, Damon se pasó una mano por el cabello—. He visto las fotos de los periódicos, tú y tu prometido juntos. Esas fotos son de antes de que te acostaras conmigo, ¿verdad?

—Sí —respondió Eleni sin mirarle a los ojos.

—Sin embargo, nunca te acostaste con él.

—¿Vamos a volver a hablar de eso?

—¿Le has besado alguna vez? —insistió Damon.

—Puedes verlo en las fotos, no necesitas que yo te lo diga.

Sí, lo había visto. Castos besos, desapasionados.

—¿Solo le has besado delante de las cámaras? —Damon se acercó a ella, incapaz de resistirse—. Nunca le has besado como me has besado a mí, ¿no es cierto?

Eleni alzó la cabeza.

—¿Estás celoso?

Sí, estaba muerto de celos.

—Ese hombre no te desea —declaró Damon brutalmente.

—¿Por qué dices eso?

Damon se detuvo y se metió las manos en los bolsillos.

—Si te deseara como debería, ya te habría encontrado. Pero no lo ha hecho, no ha luchado por ti.

El compromiso matrimonial de Eleni y el príncipe
Xander era una farsa política, no había motivo por el
que reclamar lo que era suyo pudiera hacerle sentirse
mal. La única solución era sacrificar un año de sus
vidas en un matrimonio de conveniencia hasta que
naciera su hijo. El deseo sexual se desvanecía siempre, eso de «para toda la vida» era una mentira. La
princesa Eleni iba a renunciar a su esnobismo, iba a
casarse con él y, después, se iban a divorciar. Punto.

Eleni parpadeó al oír de los labios de él la verdad.
Su prometido no la deseaba. Su hermano estaba
harto de ella. No tenía un trabajo que mereciera la
pena. Y ahora que el mito de la princesa pura se había venido abajo, ningún príncipe iba a quererla como
esposa.

—Supongo que, ahora que he perdido mi virginidad, también me he devaluado.

—¿Que te has devaluado? —Damon echó chispas
por los ojos—. A ese tipo no debería importarle un
pimiento tu maldita virginidad.

—¿Como te pasa a ti? —preguntó ella, sorprendida por el enfado de Damon.

El rostro de él cambió de expresión.

—A mí sí me importa —dijo Damon en un susurro mortal.

—No era asunto tuyo —declaró Eleni con altanería.

—¿Eso crees? —Damon lanzó una amarga carcajada—. Pues te equivocas. A partir de ahora, sí es asunto mío con quién te acuestas.

—No voy a casarme contigo —declaró ella.

—No será un matrimonio para toda la vida, Eleni —le aseguró Damon desapasionadamente—. Nos divorciaríamos en el momento adecuado, yo me quedaría con nuestro hijo y tú podrías volver a dedicarte a ser princesa.

—¿Qué? —Eleni se quedó helada.

—Yo me encargaré de nuestro hijo, al margen de la vida pública.

—¿Qué? —Eleni le miró horrorizada—. Voy a ser la madre del niño que nazca. Un niño necesita a su madre.

Si alguien lo sabía bien, ese alguien era ella.

Se hizo un tenso silencio.

—Un niño necesita padres que le cuiden, que le quieran. Unos padres que, si están juntos, tienen que estar enamorados el uno del otro —las palabras de él se le clavaron en el corazón—. Aunque nosotros nos deseamos, no... estamos enamorados. Esto no es un cuento de hadas, Eleni. Tenemos un problema y tenemos que enfrentarnos a él como adultos.

«No es un cuento de hadas»

Eleni sabía que solo les unía el deseo sexual, las

hormonas. Pero lo que Damon acababa de decirle la había dejado perpleja.

Damon quería arrebatarle a su hijo.

—Ha sido un día de mucho ajetreo, necesitas comer algo —declaró Damon cambiando de tema, como si no hubiera pasado nada.

—No puedo... —Eleni no podía pensar en algo tan banal como la comida.

—Como tú quieras —Damon se encogió de hombros—. Pero necesitas dormir. A partir de mañana, pensaremos en una dieta apropiada para ti.

«¿Apropiada?». ¿Acaso Damon creía que iba a controlar todos y cada uno de los aspectos de su vida?

—Gracias por preocuparte tanto por mí —dijo ella sarcásticamente.

—Me preocupo por mi hijo —respondió Damon—. Deja que te enseñe tu habitación.

En silencio, Eleni le siguió por un pasillo mientras el barco continuaba alejándose de Palisades.

Damon se detuvo casi al final del pasillo.

—Esta es tu habitación —dijo él señalando una puerta—. Si necesitas algo, yo estoy en el cuarto de al lado.

Un profundo fatalismo se apoderó de ella. No tenía huida, imposible evitar lo que él quería. Y lo que Damon quería era a su hijo, no a ella.

Estaba claro que Damon solo quería de ella sexo, nada más. Entretanto, ella había llegado a pensar que su relación era especial...

—No voy a darte un beso de buenas noches —murmuró Damon—. Estoy demasiado cansado para evitar que se convierta en...

¿Creía que había estado esperando que la besara?
Furiosa, le espetó:

—¿Crees que yo no podría pararte los pies?

—Es posible que pudieras, pero no voy a arriesgarme —contestó Damon.

Eleni entró en el cuarto y cerró de un portazo.

«No es un cuento de hadas».

No, no era un cuento de hadas, era una pesadilla.

Capítulo 7

ELENI.

El susurro le acarició la piel como una suave brisa. Sonriendo, se acurrucó en la cama.

–Eleni.

Eleni abrió los ojos. Damon se inclinaba sobre ella, con el rostro casi pegado al suyo.

–Ah... hola... ¿Qué haces aquí? –preguntó Eleni con voz queda.

–Solo quería saber si estás bien –contestó Damon en voz baja.

–¿Por qué no iba a estarlo? –hacía semanas que no dormía tan bien.

Damon sonrió.

–Estaba preocupado, temía que no te despertaras nunca.

¿Por qué no iba a despertarse nunca? ¿Había tratado de seducirla sin conseguirlo? La sonrisa de él la llevó por otros derroteros... ¿Había intentado despertarla con un beso?

Eleni se cubrió el pecho con la sábana y trató de sentarse en la cama.

–Tranquila –Damon la sujetó con una mano en el hombro–. No tan deprisa –se sentó en el borde de la cama y señaló un carrito con comida–. Te he traído comida y agua. Debes de tener hambre.

Las galletas saladas que vio en un plato acabaron de espabilarla. No, no era un cuento de hadas. Damon no estaba pensando en seducirla, sino en evitarle un ataque de náuseas, algo totalmente práctico.

–Gracias –Eleni recuperó la compostura, decidida a enfrentarse a él con frialdad y racionalmente. Se acabaron los ataques emocionales. Ahora, solo necesitaba hacer que se marchara.

Pero era evidente que Damon no había oído su silencioso ruego, porque continuó donde estaba, a la espera.

Con un sonoro suspiro, Eleni agarró el vaso de agua.

–¿Sueles dormir hasta tan tarde? –preguntó Damon.

–¿Qué hora es?

–Casi las once.

Eleni se atragantó.

–Está claro que no sueles despertarte tan tarde –añadió él con una sonrisa.

No, claro que no. Eso no le había ocurrido nunca.

–¿Ha llamado alguien preguntando por mí? –preguntó Eleni, tratando de ignorar lo guapo que estaba con esos viejos vaqueros y esa usada camiseta.

–No, siguen sin saber dónde estás –respondió Damon sacudiendo la cabeza.

Eleni no sabía qué pensar.

–Es posible que sí lo sepan y estén a punto de venir y arrestarte. Podría ocurrir en cualquier momento.

–Has venido por voluntad propia, no lo olvides. ¿Alguna otra cosa?

–Sí. No tengo ropa limpia.

–Vaya, no había pensado en eso –contestó Damon–. Quizá pensé que no ibas a necesitar ropa.

–¡Por favor!

Pero Damon había vuelto a despertar deseo en ella y era incapaz de controlarlo.

–No mientas, te gusta la idea –Damon se inclinó sobre ella y le susurró al oído–: Y como vamos a casarnos, no veo por qué iba a darte vergüenza.

–No vamos a casarnos –haciendo acopio de todo su valor, Eleni retiró la sábana y le lanzó un descarado desafío–. Y, a pesar de ello, quieres que pase el día entero paseándome por aquí desnuda.

Damon se la quedó mirando y ella luchó contra el instinto de doblar las piernas y abrazarse a sí misma para cubrirse. No obstante, se quedó como estaba, completamente desnuda y expuesta.

La mirada de Damon le recorrió el cuerpo, deteniéndose en sus zonas más íntimas. Ella apretó los dientes, pero no pudo evitar que se le erizaran los pezones mientras los ojos de él se clavaban en sus senos. Después, cuando él bajó la mirada, ella, ardiendo, enrojeció de los pies a la cabeza.

Por fin, justo cuando creyó que iba a estallar, Damon se quitó la camiseta.

Un deseo imposiblemente ardiente la invadió mientras le miraba el torso...

–Póntela –le espetó él.

Eleni agarró con furia la camiseta. No obstante, ahora sabía sin lugar a dudas que Damon la deseaba tanto como ella a él.

Era solo una cuestión de sexo.

Pero, aunque sabía que era solo sexo, se sintió poderosa.

Damon no se apartó cuando ella se levantó de la cama. Se quedó donde estaba, muy cerca, con la cabeza a la altura de los pechos de ella. Delante de él, se negó a sentirse intimidada.

La camiseta le llegaba a medio muslo y una sensación de intimidad la invadió al sentir el aroma y el calor de él cubriéndole el cuerpo. No tenía sentido, pero se sintió más vulnerable que completamente desnuda. Deseaba que Damon la tocara, quería que la penetrara. Casi no podía soportarlo.

—Deja de mirarme así, princesa.

—No me llames princesa.

—¿Por qué no? Eres una princesa, ¿no? —dijo él casi con enfado.

—Soy más que eso —respondió ella desafiante—. Quiero ser más que eso.

Lo que quería era ser Eleni, simplemente. No quería que le recordaran cómo debía ser ni el hecho de que había faltado a su deber.

Hormonas. Todo era una cuestión de hormonas. Ahí estaba, con su vida destrozada, responsable de la ruptura de la unión de dos naciones por medio de un enlace matrimonial, y en lo único en lo que podía pensar era en que Damon volviera a besarla.

Con un esfuerzo, caminó hasta la puerta.

—Llévame de vuelta a Palisades —dijo Eleni con fingida calma.

—O sea, que ahora que me has utilizado para escapar de la furia de tu hermano, quieres utilizar a tu hermano para protegerte de mí.

Eleni se dio media vuelta y vio la amarga sonrisa de Damon.

—Eso no es...

—¿No? —con expresión incrédula, Damon sacudió la cabeza—. Lo siento, Eleni, yo no soy uno de tus sirvientes, no puedes darme órdenes y esperar que me doblegue a todos tus caprichos.

—¿No? ¿No es eso lo que me dijiste en la fiesta, que hiciera lo que quisiera?

—Eso es justo lo que quieres, ¿verdad? Quieres que te haga sentir bien otra vez, que te dé placer —dijo Damon al tiempo que se acercaba a ella y la agarraba por la cintura.

—De hecho, eso es lo que te ofrezco yo a ti ahora —le corrigió Eleni con frialdad—. Haz lo que quieras conmigo, Damon.

Si Damon hacía eso, estaba segura de que acabaría deshaciéndose de ese sobrecogedor deseo que le impedía pensar. Era demasiado intenso, no lo soportaba.

Damon apretó los labios y la miró con insolencia.

—¿Crees que vas a conseguir ablandarme con el sexo? —preguntó él.

Eleni se quedó helada al ver la ira que había oscurecido los ojos de él.

—Creo que no hay que complicar las cosas.

—Las cosas están muy complicadas. Y el sexo solo va a conseguir empeorarlo todo —Damon lanzó una carcajada carente de humor—. Volveré a poseerte, de eso no tienes por qué preocuparte. Pero solo después de que hayamos llegado a un acuerdo.

—Puedes seducirme todo lo que quieras, pero eso

no va a cambiar nada, no voy a casarme contigo –respondió ella furiosa.

Damon tiró de ella, aplastándola contra su cuerpo.

Una oleada de deseo le recorrió el cuerpo, pero también hizo que su ira aumentara.

–Jamás conseguirás que me someta a ti por entero –Eleni le lanzó una colérica mirada a pesar del temblor de su traicionero cuerpo.

–Y yo no quiero que lo hagas –le espetó él frotando sus caderas contra las de ella en una demostración de puro poder sensual–. El deseo sexual es pasajero.

Eleni quiso con todo su corazón que eso fuera cierto.

–Tienes que saberlo todo, ¿verdad? –le molestaba la demostración de superioridad de él, no soportaba la idea de que otro hombre quisiera controlar todos y cada uno de los aspectos de su vida.

–Solo quiero lo mejor para el bebé –Damon la soltó, se acercó a la puerta y, de nuevo, se volvió hacia ella–. Vamos a casarnos. El bebé será legítimo. Y, al final, estará a salvo y llevará una vida sana y libre. Conmigo.

Damon abrió la puerta y, tras salir, la cerró con un golpe, dejándola sola asimilando la amenaza, avergonzada de su fallido intento de seducción. Damon era demasiado fuerte y demasiado cínico, y a ella le había consumido el deseo. Era tonta.

Pero lo que realmente le horrorizaba era el plan de Damon de arrebatarle a su hijo. Tenía que luchar contra ello. Tenía que salir vencedora.

Eleni se puso la falda y se dirigió al salón para

volver a enfrentarse a Damon. Sin embargo, al llegar, sus ojos se clavaron en la pantalla colgada de una pared. Estaba quitado el sonido, pero las imágenes hablaban por sí solas. Perpleja, se adentró en la estancia para ver más de cerca.

Había montones de ramos de flores y tarjetas a la entrada del palacio de Palisades. La cámara enfocó el mensaje de una de las tarjetas: *Poneos bien pronto, princesa.* El mensaje era para ella. Giorgos había anunciado públicamente que ella estaba enferma y que por eso no podía ir de viaje con el príncipe Xander.

—¡Qué cantidad de flores y tarjetas! —exclamó Eleni sentándose en el sofá más cercano.

—No veo por qué te sorprende —dijo Damon con frialdad al tiempo que ocupaba un sillón próximo al sofá—. Eres su princesa y se supone que eres perfecta.

Eleni se frotó la frente. Ella era un fraude y no se merecía el cariño de aquella gente.

—No es del todo mentira. No te encuentras bien —comentó Damon.

—He provocado un caos absoluto.

—El remedio es que te cases conmigo. Viviremos lejos de Palisades hasta que el niño nazca.

Y después Damon le quitaría a su hijo.

De repente, Eleni se derrumbó. Las lágrimas le corrieron por las mejillas.

—Por estúpido que parezca, ni siquiera estoy segura de estar embarazada.

—¿Qué?

Claro que estaba embarazada. Lo sabía. No le había venido la regla, le daban náuseas por las mañanas, le dolían los pechos...

–Eleni...

–No me he hecho la prueba del embarazo –respondió ella tras un suspiro.

–¿Cómo es posible que no te la hayas hecho? –preguntó Damon mirándola con expresión de perplejidad.

–¡Cómo iba a hacérmela! –exclamó ella en un estallido de frustración al tiempo que se ponía en pie–. ¿Cómo crees que iba a hacerme la prueba del embarazo sin que se enterase nadie?

Eleni comenzó a pasearse por la estancia.

–Ni siquiera hago las compras de los artículos personales. No llevo dinero nunca. Nunca he ido sola a comprar.

Se dio cuenta de la expresión de perplejidad de Damon y se apresuró a añadir:

–No tengo ingresos. Si quiero algo, pido que me lo traigan y ya está. No tengo una tarjeta de banco ni dinero contante y sonante, jamás lo he necesitado. Sé que soy una privilegiada por eso; pero, igualmente, me hace dependiente. Hace que me sienta una inútil.

Eleni se dejó caer en el sofá y se cubrió el rostro con las manos para ocultar las lágrimas.

Damon se puso en cuclillas delante de ella y le colocó las manos en las rodillas.

–Eleni –dijo él con voz suave.

–¿Qué? –respondió ella apartando las manos de su rostro.

–Aunque no estuvieras embarazada, ¿te casarías con él después de todo lo que ha pasado?

–¿Lo dices porque he pasado la noche a bordo de

un barco con un hombre y sin escolta? –preguntó ella furiosa.

Damon sacudió la cabeza.

–No, lo digo porque no le amas. Ni siquiera le deseas sexualmente –la sombra de una sonrisa cruzó el rostro de él–. Al menos, no le deseas como a mí.

Eleni cerró los ojos. Le odiaba. Le odiaba por hacerla desearle tanto.

Un profundo silencio la hizo darse cuenta de que Damon había salido de la estancia. Al cabo de unos segundos, Damon regresó con una caja rectangular en las manos.

–¿Cómo es que tienes un dispositivo para hacer la prueba del embarazo en el barco? –preguntó ella sintiéndose humillada por su incapacidad para resolver nada.

–Como sospechaba que estabas embarazada, me pareció que sería útil.

Con suma facilidad, Damon había hecho algo que a ella le había resultado imposible.

Eleni le arrebató la caja.

–Enseguida vuelvo.

Capítulo 8

DAMON miró a la mujer que, agitando un palito de plástico en la mano, volvió al sofá. La prueba había dado positivo.

–Tienes que casarte conmigo, es imprescindible proteger a nuestro hijo –insistió Damon tratando de no perder la calma.

Jamás permitiría que su hijo fuera víctima de manipulaciones políticas. Su hijo iba a criarse con él, en un ambiente seguro. El divorcio sería mejor que crecer en un hogar con unos padres que apenas se tolerasen, que estuvieran juntos solo por las apariencias.

Eleni palideció.

–Sabes perfectamente que mi hijo tendrá una vida normal fuera del palacio –Damon trató de emplear un tono razonable–. Lejos de los medios de comunicación y sin someterse a los deberes de la realeza.

Vio que a Eleni le temblaban los labios. Sabía que esa era la única forma de convencerla. Ella misma le había dicho que no quería ser solo una princesa.

–Yo podría darle todo a mi hijo –argumentó ella.

–¿En serio? ¿Podrías darle completa libertad? Conmigo, podrá hacer lo que quiera, estudiar lo que quiera, vivir su vida. Sin necesidad de actuar en público.

–¿Vas a decirme que tú estás al margen del escrutinio de los medios de comunicación? –preguntó ella incisivamente–. ¿Acaso no eres un multimillonario que aparece en revistas y periódicos constantemente?

–Cuando uno no es un príncipe y, por lo tanto, no es de propiedad pública, la intimidad y la privacidad se pueden comprar.

–Nuestro bebé será un príncipe o una princesa –observó ella endureciendo la voz–. No puedes negar a nuestro hijo lo que le corresponderá por derecho.

–Cuando tenga edad suficiente, nuestro hijo podrá decidir si quiere asumir su papel en el seno de la realeza o no.

Eleni se rio de él.

–¿Crees que eso es algo que se puede elegir?

–¿Por qué no? –dijo Damon en tono desafiante.

Eleni sacudió la cabeza.

–Giorgos jamás lo permitiría.

–Me importa un bledo lo que Giorgos quiera o deje de querer.

–Pero a mí sí me importa. Desde que nuestro padre murió, Giorgos ha sido mi hermano, mi padre y mi madre, todo junto; y eso sin dejar de atender a sus otras responsabilidades. No puedes hacerte una idea del trabajo, la dedicación... –Eleni se interrumpió, se veía dolor en sus ojos.

Damon recordaba cuando murió el rey, más o menos diez años atrás. Su padre había regresado del funeral en Palisades después de tomarse una semana de vacaciones para pasarla con su amante, la madre de Kassie. Sacudió la cabeza para no pensar en el amargo recuerdo.

A quien no recordaba era a la reina y, con el ceño fruncido, miró a Eleni.

–¿Dónde está tu madre?

Eleni pareció quedarse perpleja. Después, respiró hondo.

–Mi madre murió a los veinte minutos de que naciera yo –respondió ella con voz temblorosa–. Así que sé perfectamente lo que es no tener madre. Y también sé lo que es que tu padre siempre esté demasiado ocupado para prestarte atención. Yo quiero estar siempre a disposición de mi hijo, quiero estar presente cuando mi hijo me necesite. Y lo estaré. Siempre.

Damon la miró fijamente mientras asimilaba aquella información. La madre de Eleni había fallecido en el parto.

Rápidamente, Damon se sacó el teléfono móvil del bolsillo.

–Necesitas que te vea un médico.

Eleni se quedó boquiabierta durante unos segundos.

–Por si no lo sabes, Damon, faltan meses para que nazca la criatura.

¿Y qué? Eleni necesitaba constantes cuidados a partir de ese mismo momento.

–El hecho de que mi madre muriera a causa del parto no significa que a mí me vaya a ocurrir lo mismo –añadió Eleni secamente.

–Como poco, necesitas un examen médico.

–¿Qué pasa, no crees que sea capaz de cuidar de mí misma?

Damon ignoró el enfado de ella y, al momento,

buscó entre la lista de contactos en el móvil a su médico. Le envió un mensaje pidiéndole que le recomendara el mejor tocólogo que conociera.

–No necesito que me tengan entre algodones –declaró ella aún más enojada.

–No es esa mi intención –murmuró Damon–. Pero tampoco voy a ignorar el estado en el que te encuentras.

–No estoy enferma, estoy embarazada. Y soy lo suficientemente sensata como para asegurarme de que me vea un médico cuando vuelva a Palisades. Créeme, no tengo ganas de morirme. Pero tú no puedes hacer que me vea alguien que no quiero que me vea. Tampoco vas a impedirme que haga lo que quiera.

Mirarla siempre era un error; sobre todo, cuando Eleni hablaba apasionadamente y la piel le brillaba de vitalidad.

–¿Y qué es lo que te gustaría hacer?

Eleni le lanzó una furiosa mirada, había comprendido la insinuación.

–Eso, no.

Damon se echó a reír.

–¿Sabías que a algunas mujeres les aumenta la libido durante el embarazo?

–Eso a mí no me ocurre.

Damon vio cómo se le aceleraba la respiración, traicionando sus palabras.

–No, tú siempre tienes el apetito sexual de una ninfómana.

–No es verdad.

–Sí, lo es –Damon volvió a reírse al ver la expresión escandalizada de ella. Sin embargo, se le había enrojecido la piel y le brillaban los ojos.

Era imposible negar la química que había entre los dos. No obstante, no se había dado cuenta hasta ese momento de la falta de experiencia de ella en todos los sentidos, no solo en la cama. ¿Nunca llevaba dinero? ¿Nunca había tenido libertad para hacer nada por su cuenta?

Eleni siempre había estado demasiado protegida. Había sido la preciosa niña que había perdido a su madre al nacer. La habían criado un padre demasiado ocupado y un hermano demasiado joven para hacerse cargo de ella. Y todos habían querido protegerla.

Le entró un repentino sentimiento de culpabilidad. Se arrepentía de haberla amenazado con quitarle a su hijo. ¿Cómo podía él ser tan desalmado?

Pero le había irritado la constante negativa de Eleni a casarse con él e, instintivamente, la había atacado donde más podía dolerle. Tendría que ganársela con cariño y cuidados, no con crueldad.

–Así que, hasta que tu padre murió, ¿erais solo los tres en la familia? –preguntó Damon, quería indagar más en el pasado de ella.

–Mi padre estaba siempre muy ocupado –respondió Eleni con voz suave–. Era el rey y eso requería absoluta dedicación. Durante unos años, Giorgos y yo estábamos prácticamente solos. Mi hermano es un poco mayor que yo, pero lo pasábamos muy bien juntos, era muy divertido –la expresión de ella se ensombreció–. Sin embargo, cuando mi padre murió, Giorgos tuvo que hacerse cargo de todo.

–Giorgos era demasiado joven para eso, ¿no?

–Todo el mundo le respeta y le estima –respondió Eleni con lealtad.

–Estáis muy unidos.

Eleni apartó la mirada.

–Tiene muchas responsabilidades. Tras la muerte de mi padre, muchos cortesanos creían que no era lo suficientemente mayor como para asumir...

–Por eso se esforzó más de lo normal, para demostrar que se equivocaban –la interrumpió Damon–. Sí, lo entiendo perfectamente.

–Desde entonces, se ha dedicado por entero a su trabajo.

Y ella se había visto sola, pensó Damon. Eleni era fiel y cariñosa, pero estaba atrapada y anulada.

–Se supone que debo casarme con alguien de la realeza –declaró Eleni con voz queda–, es la tradición. Sé que es una estupidez, pero así ha sido siempre. Yo no quería defraudar a Giorgos.

–Lo siento, pero yo no soy un príncipe y no lo seré nunca –Damon se sentó–. Sin embargo, ¿no sería más fácil que te divorciaras de mí, un simple plebeyo, a que te divorciaras de tu príncipe y corrieras el riesgo de causar un conflicto entre dos naciones?

–Se supone que no voy a divorciarme –respondió Eleni en voz baja–. Eso no forma parte del cuento de hadas.

–Los tiempos cambian. Incluso la realeza debe vivir en el mundo real, Eleni. Y se divorcia.

–Apenas te conozco –dijo ella sin mirarle.

–¿Y conoces al príncipe Xander? –preguntó Damon.

Eleni sacudió la cabeza de modo casi imperceptible.

–En ese caso, ¿qué diferencia hay entre que te cases con él o conmigo? ¿Acaso soy un ogro?

–Quieres quitarme a mi hijo.

–Y tú trataste de engañarme negando que era yo quien te había dejado embarazada –Damon se puso en pie, incapaz de permanecer un segundo más junto a ella sin tomarla en sus brazos–. Tómate el tiempo que necesites para pensar en las opciones que tienes, Eleni. Yo no tengo prisa, no voy a ir a ningún sitio.

¿Por qué no quería casarse con Damon?

Eleni no lograba responder sinceramente a esa pregunta porque no se atrevía a admitir la verdad. Nunca había deseado a nadie como deseaba a Damon. Su matrimonio con Xander habría sido una unión sin amor, pero libre de las tempestuosas emociones que Damon despertaba en ella. Le aterrorizaba que, si se quedaba con él, Damon acabara destrozándole el corazón.

Se burló de su propio dramatismo. Necesitaba madurar y controlar su frustración sexual. Era solo eso, ¿no?

Apagó la enorme pantalla del ordenador y estaba echando un vistazo a los libros de las estanterías cuando un ruido en el estómago la hizo darse cuenta de que estaba muerta de hambre.

Sigilosamente, salió de la estancia y no tardó en encontrar la cocina. Una vez allí, localizó la alacena y se lanzó a una caja abierta de cereales.

–¿Te encuentras bien?

–Ah –Eleni tragó rápidamente–. Me has pillado.

Damon había estado nadando; probablemente, en la piscina que había en la cubierta del barco. Fascinada, se quedó mirando las gotas de agua que le resbalaban por el bronceado pecho hasta caer en la toalla que llevaba atada a las caderas.

–¿Por qué crees que estás haciendo algo malo? –le preguntó Damon avanzando hacia ella.

–Es de mala educación comer del paquete.

–No es tan terrible. Yo lo llamaría instinto de supervivencia –Damon metió una mano en la caja y se llevó unos cereales a la boca–. ¿Nunca vas a la cocina del palacio?

Eleni sacudió la cabeza.

–Pides a los criados que te lleven comida, ¿no?

–¿Qué otra cosa esperas que haga? –preguntó ella enfadada–. Vivo en un palacio y ese es uno de los privilegios.

–Pero... ¿y si te apetece prepararte un bocadillo?

–Alguien me lo prepara.

–¿Nunca te ha apetecido prepararte tu bocadillo?

–No se considera propio de mí. No voy a hacer el trabajo de otra persona.

–¿A qué te habría gustado dedicarte si no hubieras sido una princesa?

–He estudiado idiomas e Historia del Arte –Eleni se encogió de hombros–. Probablemente, me habría dedicado a la enseñanza.

–Pero... ¿qué te habría gustado hacer si hubieras podido elegir?

Eleni suspiró.

–Mi hermano me quiere mucho, pero como siempre ha estado muy ocupado, dejó mi educación a cargo de un consejero bastante mayor con ideas muy anticuadas sobre el papel de una princesa.

–Te educaron para que fueras decorativa.

–Y callada y serena y...

–¿Serena? –Damon lanzó una carcajada–. Te encanta gritar.

Eleni le lanzó una mirada de censura.

–Vamos, Eleni, dime qué te habría gustado hacer.

–Yo quería ser veterinaria –pero le había resultado imposible. Demasiadas horas de estudio para todos los compromisos públicos que tenía.

–¿Veterinaria? –Damon pareció sorprendido.

–Me gustan mucho los perros –respondió Eleni encogiéndose de hombros.

–¿Tienes perros?

–Tenía un perro de aguas maravilloso hace años.

–Si eso era lo que te gustaba, ¿por qué no estudiaste veterinaria?

Eleni apretó los dientes, sabía qué camino iba a tomar la conversación; por eso, no le dijo que también había querido estudiar Arte. Pero se lo habían impedido, demasiado frívolo para una princesa.

–Sabes que puedo ofrecerle a nuestro hijo la libertad que te han negado a ti –declaró Damon–. ¿No te parece que sería lo mejor?

–Yo también quiero lo mejor para la criatura –respondió Eleni con calma. Ahora, por fin, sabía lo que tenía que hacer por su hijo–. Se van a dar cuenta de que estaba embarazada antes de que nos casáramos.

Damon se quedó inmóvil. Le brillaron los ojos.

–Tenemos dos opciones: mentir y decir que el niño ha nacido prematuramente o no decir nada en absoluto –Damon se aclaró la garganta–. En mi opinión, lo mejor es no decir nada. Siempre habrá dudas, pero responderemos con un digno silencio y seguiremos con nuestras vidas.

Eleni asintió.

–Estoy de acuerdo contigo en lo referente a que nuestro hijo disfrute de libertad, pero yo voy a ser su madre y quiero serlo de verdad. Siempre –Eleni se preparó para presionar–. Si en serio quieres lo mejor para nuestro hijo, no me pedirás que renuncie a él.

Despacio, Damon se apoyó en la encimera de la cocina.

–Entonces... ¿te vas a casar conmigo?

–Sí, a condición de que lleguemos a un acuerdo respecto a lo que ocurra después –el divorcio tendría que ser un proceso fácil, sin problemas–. Creo que hay precedentes en otros países, que no será necesario que nuestro hijo asuma su título como miembro de una familia real –declaró ella con valor. A Giorgos iba a darle un ataque, pero ella le haría comprender–. Creo que podremos mantenerle al margen de la opinión pública y que podremos llegar a un acuerdo respecto a una custodia compartida.

–Si eso es lo que crees, lo conseguiremos –respondió Damon mirando en dirección a la ventanilla.

–Bueno, ya has conseguido lo que querías –declaró Eleni.

Damon volvió el rostro. Sus ojos azules se habían oscurecido hasta parecer negros.

–¿Y qué es lo que quería?

–Que dijera que sí, que aceptara casarme contigo. ¿No estás satisfecho?

–No.

–Entonces, ¿qué más quieres?

Damon dio un par de pasos más y se plantó delante de ella.

–Quiero que me devuelvas la camiseta.

El deseo se le agarró al bajo vientre.

–No llevo nada debajo.

–Mejor. ¿Llevas algo debajo de la falda? –le preguntó él agarrando el borde de la camiseta.

Eleni negó con la cabeza casi imperceptiblemente.

–¿No habías dicho que esto complicaría las cosas?

–Ahora que ya hemos solucionado lo importante, creo que podremos manejar una pequeña complicación.

Damon le subió la camiseta y ella alzó los brazos. En un segundo, se encontró desnuda de cintura para arriba.

Jadeó cuando Damon se abalanzó sobre ella. No podía negarse ese placer. Damon deseaba su cuerpo y ella el de él. El asalto sensual le quitó la razón. Entonces, Damon la alzó en sus brazos y la sentó en la encimera; después, le separó las piernas y se colocó entre ambos muslos.

Eleni estaba embelesada. Eso era lo que quería.

El beso de Damon fue devorador. Ella gimió mientras él la expoliaba con la lengua, saboreándola. Le rodeó el cuello con los brazos, arqueándose. Las manos de Damon le recorrieron el cuerpo y, cuando deslizó una mano por debajo de su falda, ella, húmeda y anhelante, tembló. Damon la besaba despiadadamente mientras la acariciaba íntimamente. Su gemido se derritió en la boca de él. Sus pechos requerían también atención...

Pero una extraña sensación la hizo resistirse a semejante hedonismo. No estaba bien lo que hacían. Cerró los ojos y volvió el rostro hacia un lado.

—No te escondas —dijo él sujetándole la barbilla—. Deja que te mire.

—No puedo —murmuró Eleni.

Damon se separó de ella y la obligó a mirarle a los ojos.

—No estás engañando a nadie. Has roto ya tu compromiso matrimonial.

A Eleni le avergonzaba que Damon supiera que el deseo que sentía por él la había hecho olvidarse del deber y de la lealtad que debía a otras personas.

—Esto no es muy diferente de lo que ocurrió ayer —dijo Damon.

No, Damon se equivocaba. Aquello era mucho más. Cuando estaba con él, la pasión la consumía, pero sabía que debía pensar en los asuntos concernientes a su familia, a sus obligaciones como princesa.

Además, no confiaba en él. Damon la había buscado al enterarse de que cabía la posibilidad de que la hubiera dejado embarazada, pero no lo había hecho porque quisiera estar con ella.

No obstante, la había deseado sin saber quién era. No había querido poseer a la «princesa perfecta» aquella noche, sino a ella como mujer.

Damon la estaba mirando intensamente. Era como

si pudiera traspasar sus defensas y ver lo que en realidad era, una pobre mujer sin experiencia de la vida.

–¿Por qué no me dijiste que eras virgen? –le preguntó Damon con voz queda.

–Porque eso podría haberte detenido.

Damon lanzó un suspiro y le puso las manos en el rostro.

–Podrías haberme dicho que no tenías experiencia.

–Quería fingir que no era así –murmuró ella avergonzada–. Quería representar un papel aquella noche. Ahora ya no quiero.

–¿Estás segura de que solo actuabas? –la desafió Damon–. ¿No podría ser que aquella noche te permitiste ser tú misma, tal y como eres?

¿Era ella así, una mujer dispuesta a correr riesgos para obtener semejante placer?

–Que te guste esto no tiene nada de malo, Eleni.

–El problema es que me gusta demasiado –confesó ella–. No es propio de mí. Me asusta.

Ese era el motivo por el que, al principio, se había negado a casarse con Damon. La intensidad de su deseo por él la aterrorizaba.

–¿Te doy miedo? –preguntó él con expresión repentinamente tensa.

–No es eso exactamente –murmuró Eleni–. Yo... nunca me había comportado como ahora. Nunca había hecho esto –se avergonzaba de cómo se había comportado aquella noche y de cómo lo estaba haciendo ahora–. Tenías razón: he mentido, he engañado... Soy una persona mimada, soy horrible.

Damon se separó de ella por completo.

Eleni sintió frío. Anhelaba la proximidad de él.

–Debes reconciliarte contigo misma antes de que esto vuelva a ocurrir –dijo Damon con voz queda, con control sobre sí mismo–. Una vez que lo hayas hecho, ya no sentirás la necesidad de esconderte, de avergonzarte. Solo así lograrás entregarte al placer de verdad.

Horrorizada, le vio caminar hasta la puerta. ¿Cómo iba a conseguir nada si él tomaba las decisiones por ella? ¿Y cómo se atrevía a dejarla así, anhelante, frustrada sexualmente...?

–Te odio –dijo Eleni.

–De eso no me cabe duda –Damon volvió la cabeza y sonrió–. Jamás se me habría ocurrido pensar que pudieras amarme.

Capítulo 9

NO VOY a quedarme aquí, como una fugitiva, esperando a que Giorgos me encuentre. Quiero ir a verle –declaró Eleni, disponiéndose a soportar la iracunda respuesta de Damon.

No estaba dispuesta a seguirle permitiendo que tomara todas las decisiones.

Damon arqueó las cejas con expresión burlona.

–Buenos días, guerrera. ¿Dónde está mi sumisa prometida?

–Tengo que verle –insistió Eleni.

–El barco dio la vuelta durante la noche. Vamos a llegar a Palisades en menos de una hora. Acabo de comunicarle que estás conmigo.

Eleni se quedó sin saber qué decir momentáneamente.

–Bueno... será mejor decirle también que me encuentro sana y salva; de lo contrario, puede que te vuele el barco.

Damon lanzó una carcajada.

–Creía que Palisades era una nación pacífica.

Lo era. Pero, cuando el barco de Damon entró en el muelle del club deportivo, Eleni estaba hecha un manojo de nervios. Era la primera vez que había desafiado a Giorgos y temía las consecuencias.

–Sería mejor que hablara yo con él –le dijo a Damon mientras contaba los soldados que había en el muelle para escoltarla–. Es lo primero que debiera haber hecho.

Damon dio la espalda a la escolta con gesto arrogante.

–Me quedaré callado si eso es lo que quieres, pero permaneceré a tu lado.

¿Porque no se fiaba de ella?

La escolta les llevó al palacio directamente. Allí, no les condujeron a las habitaciones de Giorgos, sino a una sala formal que se utilizaba normalmente para reuniones con otros jefes de Estado.

Giorgos les esperaba vestido formalmente, solo le faltaba la corona.

–He tenido que cancelar una cita en el último minuto. Otra vez –declaró Giorgos con los ojos fijos en Damon–. Usted se ha aprovechado de una joven inocente. La ha seducido.

¿Acaso era ella invisible? Enderezando los hombros, Eleni dio un paso adelante.

–Podría ser que le sedujera yo a él –declaró Eleni cerrando las manos en dos puños.

Por fin, su hermano se dignó a mirarla. Pero su expresión permaneció imposible de descifrar.

–Damon y yo nos vamos a casar tan pronto como sea posible –declaró ella.

–La última vez que hablamos me dijiste que no te ibas a casar con el príncipe Xander, pero que tampoco lo ibas a hacer con el señor Gale.

–Estaba disgustada –concedió Eleni fríamente–. Lo mejor es que nos casemos, Giorgos.

–No es un príncipe. No tiene ningún título nobiliario. Sabes que se espera de ti que...

–Cambia la ley –por segunda vez en su vida, Eleni
se atrevió a interrumpir a su hermano–. Eres el rey,
puedes hacerlo.

–¿Te parece bien que abuse de mi poder para conseguir un beneficio personal?

–No es un beneficio personal, sería concederme
los mismos derechos que cualquier ciudadano de
Palisades tiene –¿por qué no podía tener ella el derecho a elegir por sí misma?

Giorgos achicó los ojos.

–¿Qué quieres, que me olvide de costumbres y
obligaciones ancestrales? ¿Que ignore las reglas de
la diplomacia y lo que nuestros países vecinos esperan de nosotros?

–No se debería utilizar mi vida para maniobras
políticas.

–¿Te quedaste embarazada a propósito, para evitar enfrentarte a mí con argumentos?

Eleni, perpleja, se encolerizó.

–Por supuesto que no. Pero tú jamás me habrías
prestado atención de no haberme quedado embarazada.

Giorgos lanzó a Damon la más gélida de las mira-
das.

–¿Sabe usted lo de nuestra madre?

–Sí. Y le aseguro que a Eleni la atenderán los mejores especialistas.

Giorgos sacudió la cabeza.

–Nuestro médico ya está listo para hacerle un examen.

Eleni jadeó. ¿Acaso su hermano la consideraba una inútil?

Antes de poder responder, Damon se le adelantó.

–No creo que eso sea necesario...

–Es necesario. Eleni debe...

–Dejad de decidir por mí –Eleni volvió a interrumpir a su hermano–. Seré yo quien tome las decisiones al respecto.

–El doctor Vecolli ya está aquí –insistió Giorgos.

–El doctor Vecolli no me va a ver.

–Es el médico de la familia desde hace veinte años.

–Por eso es por lo que no voy a ir con él. Es como un abuelo para mí. Quiero que me vea una doctora, una mujer –dijo mirando a Giorgos, que fruncía el ceño–. ¿Qué pasa, crees que una mujer no puede ser médico? ¿O es solo que no te fías de mí, que me crees incapaz incluso de cuidar de un animal?

–Hace años yo quería ser piloto –declaró Giorgos sarcásticamente–. Pero sabes perfectamente que, mientras nos dediquemos a nuestras obligaciones como miembros de la realeza, no podemos dedicarnos a nada más. Es imposible.

–¿Por qué? –preguntó Eleni, desafiando a su hermano–. ¿No podría yo ser de más utilidad haciendo algo que no fuera cortar cintas y dar premios?

–Vas a estar muy ocupada criando a tu hijo, ¿o se te ha olvidado?

A Eleni le enfureció el tono paternalista de su hermano.

–Hay muchas mujeres que trabajan y tienen hijos. ¿Es que yo solo puedo dedicarme a la crianza? ¿Tan incompetente me consideras?

Eleni estaba enfurecida y dolida.

–No te considero... –su hermano, pasándose una mano por el cabello, se interrumpió.

–¿Por qué estás tan anclado en el pasado? –preguntó ella a Giorgos–. El mundo cambia, las cosas cambian.

Ella era más competente de lo que su hermano suponía, ¿no?

Giorgos guardó silencio durante un momento. Después, suspiró.

–Dime, ¿qué es lo que quieres hacer respecto a esta situación?

–Voy a casarme con Damon, tendré a mi hijo y después... después no sé. Pero no quiero verme limitada como hasta ahora. No lo soporto.

Giorgos guardó silencio. Su expresión era indescifrable.

–Se podría filtrar a la prensa que Eleni se veía obligada a casarse con el príncipe Xander –intervino Damon, rompiendo el silencio–. Que tenía miedo de enfrentarse a usted y al príncipe. Si se presenta la situación como una historia de amor, la opinión pública se pondría de parte de Eleni, la apoyaría.

Eleni no se creía merecedora del apoyo de la gente.

–Se podría presentar como que se enamoró de mí durante una de sus visitas al hospital –continuó Damon–, pero usted se opuso a nuestra relación por ser yo un plebeyo. La ansiedad y la angustia la hicieron enfermar y fue entonces cuando usted se dio cuenta de lo seria y profunda que era nuestra relación.

El escenario pintado por Damon la hizo parpadear.

–¿Es necesario que Giorgos parezca tan cruel? –preguntó Eleni frunciendo el ceño.

Giorgos abrió mucho los ojos.

–El príncipe Xander es la víctima de esta situación –prosiguió Damon–. No obstante, se podría decir también que Eleni y él no han pasado mucho tiempo juntos, que apenas se conocían. Por lo tanto, que Eleni le haya dejado no le hace menos atractivo.

Eleni contuvo una carcajada. Damon era un millón de veces más atractivo que Xander.

Giorgos se quedó mirando un cuadro colgado de la pared que tenía enfrente. Con cada segundo que pasaba, la angustia de Eleni aumentaba. Las recriminaciones serían inevitables.

–Creo que has encontrado la horma de tu zapato, Eleni –lentamente, Giorgos se volvió hacia ella esbozando una burlona sonrisa–. A este hombre no le vas a controlar.

–¿Al contrario que ocurre contigo? –dijo ella desafiando a su hermano.

–Hoy mismo os casaréis en la capilla del palacio –declaró Giorgos, serio una vez más–. Haré pública la boda en un comunicado de prensa con algunas fotos. Pero no apareceréis en público y os iréis lejos durante al menos un mes.

–¿Nos tenemos que ir de aquí? –a Eleni le había sorprendido la rapidez con que su hermano había accedido a que se casaran.

–Necesitáis hacer estable vuestra situación personal durante el tiempo que todo esto aparezca en los medios de comunicación. Iréis a Francia, a la casa que tengo allí, donde estaréis al margen de todo.

–¿Por qué no podemos quedarnos aquí? –preguntó Eleni.

No iba a permitir que su hermano la mandara al exilio, a un lugar que no conocía con un marido al que tampoco conocía. Al menos, en el palacio, se sentiría más segura.

–Si nos quedáramos en el palacio, Damon podría familiarizarse con el protocolo y le daría la oportunidad de comprender lo que se espera de él en el... futuro –Eleni miró a Damon, consciente de lo corto que ese futuro iba a ser.

Damon se encogió de hombros.

–Si lo que quieres es quedarte aquí, Eleni, por mí no hay problema.

–Tengo programado pasar unas semanas en la Casa de Verano, así que no hay problema –dijo Giorgos con altanería al tiempo que lanzaba una gélida mirada a Damon–. Pero no dude que le tendré vigilado, aunque no esté aquí. No me fío de usted.

–Lo comprendo –respondió Damon con frialdad–. Si yo estuviera en su lugar, tampoco me fiaría –Damon sonrió entonces como si no tuviera una sola preocupación en su vida–. Por cierto, no voy a aceptar ningún título nobiliario. Seguiré siendo Damon Gale.

–Y yo seguiré siendo la princesa Eleni Nicolaides –declaró Eleni al instante.

–Y vuestro hijo será el príncipe, o la princesa, Nicolaides Gale, lo he entendido perfectamente –espetó Giorgos–. Está bien, formalicemos la situación ahora mismo antes de filtrarlo a la prensa. Nos reuniremos en la capilla dentro de una hora. Debéis ir vestidos apropiadamente.

Su hermano se dirigió a la puerta con aire regio.

—Enviaré a alguien al yate para que me traiga un traje —dijo Damon después de que Giorgos se marchara—. Supongo que tú tienes que, milagrosamente, encontrar un vestido de novia.

Horrorizada, Eleni se llevó una mano a la boca.

—No te preocupes, aunque fueras desnuda no me importaría —dijo Damon con una sonrisa traviesa—. Podrías ponerte el vestido azul que llevaste a la fiesta...

Enrojeciendo visiblemente, Eleni le dejó, necesitaba unos momentos a solas para asimilar lo que había pasado. Pero su dama de compañía la estaba esperando a la puerta de sus habitaciones.

—Oh, Bettina. Siento haberme ausentado durante tanto tiempo —Eleni esbozó una sonrisa.

Bettina asintió rápidamente.

—He hecho todo lo que he podido durante esta última media hora. He colgado unos vestidos entre los que elegir, nueve. Son de Nueva York, París y uno de Milán.

—¿Unos vestidos? —preguntó Eleni, confusa.

—Vestidos de boda.

¿Nueve vestidos de boda?

—¿No quiere probárselos?

Por el brillo de los ojos de su dama de compañía, Eleni se dio cuenta de que el bulo de su amor secreto corría ya por palacio. Respiró hondo y forzó una más amplia sonrisa.

—Sí, por supuesto.

Cuando Bettina le presentó los vestidos, Eleni se rindió a un envanecido deleite. Como mínimo, estaría muy guapa el día de su boda.

El sexto vestido de boda que se probó fue el ganador, lo supo tan pronto como se lo puso. Podría haberlo elegido ella misma, no la «princesa Eleni». Era un vestido de suaves líneas, delicado bordado y sutilmente sensual. Le encantaba.

Al salir de sus habitaciones y alejarse de su dama de compañía, sintió un hormigueo en el estómago. Dejaba su antigua vida.

Giorgos estaba esperando a la entrada de la capilla del palacio. Antes de casarse, tenía que hablar con él en privado.

–Siento haberte defraudado –dijo Eleni acercándose a su hermano.

–No me has defraudado –su hermano le ofreció un ramo de rosas.

Eleni agarró las flores con lágrimas en los ojos.

–Gracias –susurró ella.

–¿Le quieres? –preguntó Giorgos, tomándola desprevenida.

La pregunta, tan directa, la dejó sin habla. Por primera vez en su vida, notó inseguro a su hermano.

–No lo sé –respondió ella con toda sinceridad.

Giorgos frunció el ceño.

–Haz lo posible para que tu matrimonio sea un éxito, Eleni.

Agarrada del brazo de su hermano, Eleni se dirigió al altar, donde esperaba Damon. Iba con traje y parecía más alto, más imponente, sus ojos, más azules que nunca. El pulso se le aceleró y le temblaron las piernas. No podía sentir excitación, ¿o sí? Aquello era una farsa con el fin de asegurar legitimidad a su hijo, libertad. Se casaban solo por su futuro hijo.

Pero el hormigueo del estómago se intensificó.

«Es solo un acuerdo. Es solo por un año. No significa nada».

No obstante, en la capilla del palacio, en presencia de su hermano, en aquel santuario símbolo del pasado y el futuro, Eleni prometió amar a Damon durante toda la vida.

«Va a ser el padre de mi hijo».

Aunque solo fuera por eso, podría amarle. Eso no era una mentira.

El beso que selló su unión debería haber sido un beso formal, pero se prolongó más de lo debido. Un intenso calor le recorrió el cuerpo. En el momento en que cerró los ojos, se encontró perdida. El deseo de que Damon la abrazara fue sobrecogedor. Pero justo en ese instante, Damon se apartó de ella. En su mirada vio algo primitivo, salvaje. Entonces, ambos se dieron media vuelta, salieron de la capilla y se dirigieron a la sala del trono. Allí, posaron para las cámaras, ella entre su hermano y Damon. Una sonrisa, otra y otra. La perfecta princesa Eleni.

Su hermano le agarró la mano y le hizo una reverencia.

—Eres una novia muy hermosa, Eleni.

Entonces, Giorgos sonrió y la abrazó.

—Cuídate mucho, Eleni.

Y tras una rápida mirada a Damon, su hermano se marchó.

Eleni estaba casi mareada. Hacía diez años que su hermano no la abrazaba...

—Eleni.

Ella se volvió. Damon estaba demasiado cerca, demasiado guapo. Y esa noche iba a ser su noche de bodas, el comienzo del fin de algo que ninguno de los dos había querido.

—Deberíamos sacarnos alguna foto más en un sitio menos formal –sugirió Damon.

—No hay ningún sitio «menos formal» en este palacio.

—¿Ni siquiera fuera? –Damon miró en dirección a unas puertas de cristal que ella nunca había visto abrir a nadie.

—Esas puertas están cerradas con llave –dijo Eleni.

Damon giró la manija y la puerta se abrió silenciosamente. Entonces, le dedicó una sonrisa triunfal.

—Eres el hombre más imposible que he conocido en mi vida –gruñó Eleni.

—Lo sé. Pero, a pesar de ello, me deseas.

Eleni salió afuera, más por alejarse de él que por otra cosa.

—Este es tu palacio, Eleni. Te está permitido pasearte por él a tu antojo, ¿no?

Damon seguía demasiado cerca.

—Eres... eres...

—¿Qué? –con arrogancia, Damon le rodeó la cintura con los brazos, impidiéndole escapar–. ¿Qué es lo que soy?

«Algo terrible para mi salud».

Eleni lanzó una medio carcajada medio gruñido al tiempo que se rendía a la tentación y se inclinaba sobre él. Pero se negó a contestarle.

Damon se vengó físicamente. Mágicamente. El beso disipó el hormigueo del estómago y lo transformó en una hoguera que encendió todo su cuerpo.

Por fin, Eleni le puso las manos en el pecho y le empujó. Demasiado tarde, se dio cuenta de que un fotógrafo les había seguido.

—Soy una princesa —murmuró ella; sobre todo, con el fin de recordárselo a sí misma.

Pero Damon continuó rodeándole la cintura con un brazo.

—Yo no me he casado con la «princesa».

—Sí, sí que lo has hecho —no podía dividir su personalidad. Ambos debían aceptarlo.

El fotógrafo pareció decepcionado cuando Damon le pidió que se marchara. Justo también en ese momento oyeron un ruido sobre sus cabezas, era el helicóptero de Giorgos volando en dirección Norte.

—Al fin solos —dijo Damon con voz queda—. Estaba deseándolo.

En lo alto de la escalinata, Eleni se detuvo y, excitada, respiró hondo. En ese momento, Damon le soltó la mano y la levantó en sus brazos.

—¿Qué haces? —preguntó Eleni en un susurro casi histérico mientras él recorría el último pasillo que conducía a sus habitaciones—. No es posible que quieras cruzar el umbral de mi puerta conmigo en brazos.

—Concédeme ese capricho.

Un escalofrío de placer le recorrió el cuerpo.

–No creía que fueras tan dado a las tradiciones de bodas –murmuró ella con voz ronca.

–No tenía pensado casarme nunca. Pero ahora que he roto la promesa que me había hecho a mí mismo, ¿por qué no seguir la tradición?

Eleni le miró a los ojos mientras él la soltaba.

–¿Por qué no querías casarte?

Damon tardó unos segundos en contestar.

–Los seres humanos no estamos hechos para tener solo una pareja en nuestras vidas.

–¿Estás en contra de la monogamia?

–No creo en la monogamia –respondió Damon.

Damon acababa de confesarle que iba a serle infiel.

–Creo que es una mentira, la gente cree en algo que es falso –declaró Damon con voz queda–. Nadie es infalible, Eleni, y menos yo. Y, desde luego, tú tampoco.

–Yo soy capaz de controlarme –contestó ella con rebelde enfado–. Y tengo la intención de cumplir la promesa que he hecho delante del altar.

Damon sonrió.

–Sí, y yo también... hasta que rompamos nuestra unión. Esto es solo un acuerdo, Eleni, no es nada más. Un acuerdo... con ciertos privilegios.

–Y tú estás dispuesto a aprovechar al máximo esos privilegios, ¿no?

–Igual que tú. ¿O estás dispuesta a privarte de esos privilegios solo porque no te gusta lo que he dicho? –preguntó él con una incrédula sonrisa.

–Voy a privarte a ti de esos privilegios –aunque fuera su noche de bodas, le daba igual. No iba a acostarse con él.

–Eres muy joven, cielo –comentó Damon.

–No, no soy muy joven. Y tú eres un cínico –Eleni le apartó de un empujón en el pecho, pero Damon volvió a acercársele dando un par de pasos–. El hecho de que no me haya acostado con la mitad de los hombres que hay en el mundo no significa que sea más tonta que tú. El sexo no te hace más inteligente; en realidad, creo que es todo lo contrario.

–Ven aquí, Eleni.

–No, ven aquí tú. Estoy harta de que me den órdenes. Esta vez, voy a ser yo quien las dé. No voy a permitir que me controles. Solo voy a hacer lo que sea necesario, únicamente lo necesario.

Damon se acercó a ella, invadiéndole el espacio personal, y le pasó una mano por la cadera.

–Esto es necesario, Eleni.

–No, ya no lo es.

–¿Solo porque estás enfadada conmigo? –Damon le acarició la mejilla con los labios–. ¿Porque he desafiado tu creencia en los cuentos de hadas? Tienes que enfrentarte a la realidad, Eleni. A una realidad con complicaciones y problemas.

–Y un deseo solo temporal, ¿verdad? –concluyó ella.

–Sí, así es.

–Pues lo siento –Eleni cerró la boca apretando los labios.

Damon se echó a reír.

–Vamos, Eleni... –Damon comenzó a acariciarle la espalda.

–No eres justo.

–La vida no es justa. Vamos, Eleni.

Eleni no podía seguir rechazándole, le deseaba demasiado.

—Está bien.

La sonrisa de él fue triunfal, pero Eleni vio en ella ternura también.

—El vestido que llevas es precioso —comentó Damon con voz suave—. Pero mucho más hermosa es la mujer que lo lleva puesto.

Sin protestar, Eleni permitió que Damon la hiciera darse la vuelta. Entonces, apoyó la frente en la fría pared y Damon, después de desabrocharle el primer botón, le besó la piel. Hizo lo mismo con el segundo, y con el tercero, y así con todos.

El deseo se le agarró al bajo vientre. Se olvidó de todo, solo quería las caricias de él, llegar hasta el final.

Cuando el vestido cayó al suelo, Damon le puso las manos en la cintura y la hizo volverse de cara a él. No llevaba sujetador, por lo que solo la cubrían unas bragas de encaje, medias y unos zapatos de tacón. La ardiente mirada de Damon la abrasó.

Rápidamente, Damon se despojó de su ropa y ella se lo quedó mirando. Y Damon le devolvió la mirada...

Damon la estrechó contra sí y la devoró con los ojos, con las manos y con la boca. Acabaron en el suelo, él encima de ella, fuerte y dominante.

Entonces la penetró con un fuerte empellón y ella gritó. Temblando, le abrazó con las piernas.

—Por favor... por favor —rogó Eleni, instándole a que se moviera.

Necesitaba que Damon se moviera con dureza,

con rapidez, que eliminara la insoportable tensión sexual que la consumía. Su deseo no tenía límites, era una locura.

De repente, Damon enfebreció también. La montó ferozmente. Ella gimió y gimió hasta que ambos se estremecieron al unísono. Oleadas de placer le recorrieron el cuerpo.

–Eleni...

Le encantó la voz gutural con que Damon pronunció su nombre... No se podía creer lo que Damon la hacía sentir.

Capítulo 10

DAMON se paseó por el cuarto de estar de las habitaciones de Eleni en el palacio. Le habían llevado sus cosas al palacio el día anterior, antes de la ceremonia. Se detuvo y sacó la tableta electrónica de una de sus bolsas de viaje.

El número de correos electrónicos que le habían enviado era una locura, y aún no eran las ocho de la mañana. Abrió unos cuantos y lo primero que vio en ellos fue: *ENHORABUENA*.

Confuso, encendió el televisor, pero le quitó el volumen para no oír los gritos de los reporteros anunciando la boda por sorpresa de la princesa Eleni con el señor Damon Gale, que no era un miembro de la nobleza.

Después, vio que hablaban de él. Mencionaron brevemente su trabajo en el campo de la inteligencia artificial para luego centrarse en su vida privada. Hablaron de su infancia, de su familia, de su media hermana ilegítima...

Se le encogió el corazón al ver a un montón de periodistas a las puertas de la pequeña casa de Kassie en el pueblo. Pero lo realmente horrible fue ver a su padre aparecer en la pantalla.

Inmediatamente, Damon puso el volumen para oír

a su padre. Al parecer, John Gale estaba encantado de que la relación entre Eleni y su hijo Damon hubiera salido a la luz por fin. Su padre llamó a Eleni por su nombre, no por su título, insinuando una falsa intimidad con una mujer a la que no había visto en su vida. Pero John Gale no tenía escrúpulos a la hora de utilizar a la gente para provecho propio; de eso, él, su hijo, era testigo.

–«Debe de estar muy orgulloso de Damon» –le gritó un periodista.

Su padre sonrió.

–«Damon es un hombre brillante. Heredó la inteligencia de su madre».

Damon apretó los dientes. El falso halago de su padre le abrió una vieja herida que había creído cicatrizada. Sus padres eran todo menos personas normales; eran unos narcisistas a los que solo les preocupaba su imagen, no tenían corazón. Y, si era sincero consigo mismo, él tampoco. Una cuestión de genética. No tenía capacidad para amar. No tenía escrúpulos. Sus padres eran sumamente ambiciosos y él también.

Pero había conseguido el éxito por sí mismo, sin ayuda.

–«¿Y su hija, Kasiani?» –preguntó otro periodista a John Gale–. «¿Es amiga de la princesa Eleni?».

Su padre no parpadeó al oír mencionar a la hija a la que hacía años que no veía y que hacía referencia a las mujeres que John Gale había abandonado, tanto emocional como económicamente. Él había sentido envidia de Kassie hasta el momento en que se había dado cuenta de que su padre era incapaz de sentir cariño por nadie.

–«No puedo hacer más comentarios sobre las relaciones personales de Eleni» –respondió John Gale con vanidosa satisfacción.

Damon vio a su padre alejarse del periodista. Pero el cámara siguió filmando y fue entonces cuando se dio cuenta del lugar en el que se había hecho la entrevista: delante de la terminal del aeropuerto de Palisades.

Lo que significaba que su padre estaba allí.

Damon quitó el volumen al televisor y salió de las habitaciones de Eleni. Tenía que hablar con la persona a cargo de la secretaría del palacio inmediatamente.

–Señor Gale –Damon se detuvo cuando el secretario de Giorgos le llamó–. Su padre está aquí, quiere verle.

–Lléveme a verle, por favor –dijo Damon con voz queda.

John Gale se encontraba en una de las salas de reuniones más pequeñas, cerca de la entrada del palacio. Damon respiró hondo, cerró la puerta tras de sí y se volvió para enfrentarse a su padre, al que no había visto en cinco años. No había cambiado mucho. Quizá unas canas más, algunas arrugas alrededor de los ojos, pero seguía exhibiendo esa sonrisa superficial y un buen traje.

Damon se sentó, pero no invitó a su padre a que hiciera lo mismo.

–¿A qué has venido?

–Quería felicitarte en persona.

–Te has dado mucha prisa. Ni siquiera llevo casado veinticuatro horas.

Su padre esbozó una sonrisa de cocodrilo.

–Jamás pensé que llegarías tan lejos.

–¿Que llegaría tan lejos?

–Me refiero a un casamiento tan... provechoso.

–¿Un casamiento provechoso? ¿Como el tuyo con mamá?

–Tu madre y yo hemos llegado a un entendimiento muy rentable.

Sí, un entendimiento; fundamentalmente, de tipo económico.

–¿Y crees que yo he hecho lo mismo?

–No irás a decirme que estás enamorado de ella, ¿verdad? –su padre lanzó una carcajada–. No me cabe duda de que lo que quieres es el poder y las oportunidades que este matrimonio te va a ofrecer.

Damon respiró hondo con el fin de controlar el asco que las palabras de su padre le habían producido. Pero no iba a picar el anzuelo.

–Yo no soy como tú.

–¿Qué quieres decir con eso? –respondió su padre frunciendo el ceño.

–Tienes otra hija, por la que no has hecho nada. Abusas de las personas y, cuando ya no te sirven, las dejas tiradas –al ver la sombría expresión de su padre, Damon añadió–: ¿Cuántas más hay?

–Fue el único error que cometí.

¿Un error?

–Yo te vi con ella.

–¿Con quién?

–Con la madre de Kassie –de adolescente, Damon había seguido a su padre, en Palisades, y le había visto besar apasionadamente a una mujer. En aquel momento, había llegado a creer que su padre era capaz de amar, aunque no fuera a su madre y a él–. ¿Por qué no nos dejaste y te quedaste a vivir con ella?

Eso era algo que jamás había llegado a comprender.

–Jamás abandonaría a tu madre.

–Pero no porque la quieras –dijo Damon–. Solo porque sus contactos han sido siempre importantes para ti profesionalmente. Sí, como tú has dicho, un buen entendimiento.

–Tu madre y yo formamos un buen equipo. Nos entendemos muy bien.

Habían utilizado el dinero de él y el pedigrí de la familia de ella. Buenos contactos y dinero ayudaban a alcanzar el éxito en la política.

–Sí, desde luego. Y, por supuesto, no te importó abandonar a tu amante y a tu hija, y te negaste a ayudarlas cuando más lo necesitaban porque no podías poner en riesgo tu éxito profesional y tu, supuestamente, matrimonio perfecto –Damon estaba asqueado.

–Le ofrecí dinero, pero el orgullo le impidió aceptarlo.

–Sabías que estaba pasándolo muy mal y no volviste para seguir intentando ayudarla.

–¿Qué más podía hacer, Damon? ¿Acaso fue culpa mía que decidiera seguir en esa miserable y pequeña casa?

Ahora lo comprendía perfectamente. Su padre nunca había estado enamorado de la madre de Kassie; la había deseado, la había utilizado y, cuando se cansó de ella, la abandonó. Y se le había quitado cualquier remordimiento que hubiera podido haber sentido cuando la madre de Kassie rechazó su dinero.

Ni sentimiento de culpabilidad. Ni vergüenza. Ni corazón.

—Parecería extraño que no nos invitaras a tu madre y a mí al palacio —dijo su padre, ignorando el desprecio del que había hecho gala por Kassie y su madre—. A tu madre le gustaría pasar aquí unos días.

—Jamás os invitaré a venir aquí a mamá y a ti —respondió Damon—. Hace años que no nos vemos, no sé qué haces aquí.

—Hemos estado muy ocupados.

—No, no es por eso. Lo que ocurre es que no tenemos una relación. No voy a permitir que me utilices.

—Somos tus padres, Damon. Eres mi hijo. Te pareces más a mí de lo que estás dispuesto a admitir. No puedes evitar ser quien eres.

A Damon nunca le habían gustado sus padres, ninguno de los dos. Eran el motivo por el que nunca había querido tener una relación seria con una mujer y la razón por la que había montado su propia empresa, solo, sin depender de nadie.

—Aunque no pueda hacer nada respecto a mi herencia genética, sí puedo negaros el acceso a mi esposa y a mi hogar —declaró Damon con frialdad—. No os quiero aquí. No quiero que vengáis nunca. Y ahora, te sugiero que te vayas antes de que llame a los guardias para que te echen.

—Los guardias de tu esposa.

—Sí, así es. Y no vengas nunca más. No vuelvas a ponerte en contacto conmigo. Y que no se te ocurra ponerte en contacto directo con Eleni.

–¿De lo contrario?

–De lo contrario, me encargaré de que todo el mundo sepa lo que eres –dijo Damon, atacando el punto débil de su padre: su reputación, su imagen.

John achicó los ojos.

–Será mejor que regreses inmediatamente a Nueva York y te dediques a lo tuyo –añadió Damon–. Y ni una entrevista más mencionándonos a Eleni o a mí. Se nota a la legua que no tienes clase.

Aquel golpe bajo cambió la expresión de su padre. Al momento, John se marchó y Damon volvió a los aposentos de Eleni.

Se detuvo un momento delante de la puerta, respiró hondo y, por fin, abrió.

Eleni estaba vestida con una sencilla blusa y una falda, y estaba preciosa.

–¿Dónde estabas? –preguntó ella dedicándole una adormilada sonrisa, pero su verde mirada era intensa.

–Dirijo una empresa, no lo olvides –respondió Damon secamente al tiempo que agarraba la tableta electrónica–. No he prestado toda la atención que debía al negocio, estaba demasiado ocupado buscándote.

Se hizo un tenso silencio. Damon no pudo evitar pasear los ojos por el cuerpo de ella y, como resultado, se excitó.

–Quizá deberías haber dormido un poco más –dijo ella.

Damon no pudo evitar sonreír.

–¿Qué ha ocurrido en el trabajo que te ha puesto de tan mal humor? –comentó ella acercándose a la ventana.

–Nada importante.

–No tendrá nada que ver con tu padre, ¿verdad?

Damon se quedó helado.

–Tus espías se han dado mucha prisa en informarte, ¿no?

–No, nada de espías. He visto la entrevista a tu padre en el aeropuerto –Eleni le miró fijamente–. ¿Está aquí?

–Ya se ha marchado.

–¿No querías presentármelo?

–No –y no quería explicar por qué. Sin embargo, vio la expresión dolida de ella–. No es un buen hombre.

–No es necesario que me protejas.

–Sí que lo es –Damon lanzó un suspiro y miró la pantalla de la tableta electrónica, agarrándola como si de ello dependiera su vida.

Su matrimonio con Eleni sería completamente diferente al de sus padres. Para empezar, iba a ser pasajero; además, no se había casado para lograr un beneficio personal, sino para proteger a su futuro hijo. Y para proteger a Eleni.

–¿Estás seguro de que a quien quieres proteger es a mí? –inquirió ella.

–¿Qué quieres decir?

–Me refiero a tu padre y a ti. No estáis unidos...

–No. No había tenido ningún contacto con él en los últimos cinco años.

–¿No?

Damon sacudió la cabeza.

–Le fue infiel a tu madre –dijo Eleni con esfuerzo–. Kassie, la del hospital...

–Es mi media hermana. Sí.

–Pero sí tienes trato con ella, ¿no?

–Sí –Damon suspiró y dejó la tableta encima de una mesa baja–. Sin embargo, mi padre no tiene trato con ella. Y mi madre hace como si no existiera. Kassie tiene demasiado amor propio para exigir lo que le deben –se sentó en el sofá y cruzó los brazos–. Una vez le sorprendí con la madre de Kassie, ocurrió hace años, cuando vivíamos en Palisades.

–Debió de ser muy duro para ti.

Damon clavó los ojos en el suelo.

–No podía comprender por qué no nos dejaba, parecía obvio que...

–¿Se lo preguntaste alguna vez?

Se lo había preguntado hacía unos minutos, y su padre había confirmado lo que él llevaba pensando desde hacía años.

–Su carrera profesional es lo único que le importa. No solo a él, a mi madre también. El único motivo por el que decidieron tener un hijo, yo, fue para completar su currículum: «felizmente casados con un hijo».

–Pero... deben de estar orgullosos de ti, ¿no?

–¿Orgullosos de un hijo que, de adolescente, se pasaba las horas muertas diseñando juegos de ordenador? –Damon lanzó una amarga carcajada al tiempo que sacudía la cabeza.

–Pero ahora tienes una empresa de gran éxito. Más de una. ¿Cómo no van a estar...? –Eleni se interrumpió, una expresión tierna asomó a su rostro–. No debería ser necesario que un chico logre nada para que sus padres le quieran.

–No puedo quejarme, he recibido mucho más que mi media hermana –murmuró él–. Mi padre ni siquiera apoyó a Kassie y a su madre económicamente. La madre de Kassie murió después de una larga y dolorosa enfermedad. Y Kassie lleva luchando desde entonces para lograr sobrevivir.

–¿Es por eso por lo que te pusiste en contacto con ella?

–Sí. Pero no me ha permitido ayudarla –seguía angustiándole que Kassie hubiera rechazado todo lo que él le había ofrecido–. Aunque la comprendo.

–Y tus padres siguen juntos, ¿verdad? –los ojos de Eleni se entristecieron.

–Sí, ahí están, aún persiguiendo el éxito profesional a toda costa. Aún amargados e infelices a pesar de todo. Sí, un matrimonio feliz.

–¿Tu padre fue infiel a tu madre más de una vez?

–Supongo –Damon suspiró.

–Así que es por eso por lo que has dejado muy claro que solo te has casado conmigo para legitimar a nuestro hijo, ¿verdad? Ese es el motivo de que no creas que una relación pueda ser duradera –Eleni se mordió los labios–. Siento mucho que tus padres...

–Déjalo, no pasa nada. Todos hemos sufrido en la vida, ¿no? –dijo Damon, interrumpiéndola. Eleni había perdido a sus padres. Se esperaban de ella cosas que no se exigían a una persona normal. No debería haberla juzgado tan duramente.

–Damon –dijo Eleni con determinación en la voz–. Ha sido un accidente que me haya quedado embarazada, pero te prometo que le daré a mi hijo todo el cariño del mundo. Ya le quiero. Haré lo que sea por protegerle y cuidarle. Nada ni nadie podrá impedírmelo.

—Lo sé —respondió Damon con absoluta sinceridad.

De repente, Damon fue consciente de que Eleni, la princesa, siempre había hecho lo que le habían ordenado... excepto aquella noche con él. La noche de la fiesta, Eleni había hecho lo que había querido. Y, a partir de ese momento, se había enfrentado a su hermano, a él... Les había plantado cara.

Damon sintió un deseo sobrecogedor de hacer que Eleni Nicolaides supiera realmente lo que era sentirse libre de verdad.

—Dime, ¿por qué has preferido quedarte en el palacio en vez de ir a la casa de Giorgos en Francia? —preguntó Damon.

Eleni bajó la cabeza.

—Puede que te parezca una tontería, pero aquí puedo gozar de más intimidad que allí.

—¿No te sientes encerrada aquí, en el palacio?

Eleni se encogió de hombros.

—Es a lo que estoy acostumbrada.

—Sé de un sitio en el que gozarías de mucha más intimidad que aquí. Creo que deberíamos ir.

—No comprendo...

—Mi isla está aislada. Es segura. Es privada.

—¿Tu isla? —preguntó ella sorprendida.

—Tú tienes una isla, yo tengo otra —Damon sonrió traviesamente—. Admito que la mía no es tan grande como la tuya, pero es muy bonita.

A Eleni le brillaron los ojos.

—¿Quieres decir que el tamaño no importa? —pre-

guntó ella con tímido descaro y voz ronca–. Por supuesto, no tengo con qué comparar, pero...

–¿En serio crees que el tamaño es importante?
–Damon se puso en pie, contento de bromear con ella.

–¿Tú qué opinas? –Eleni pestañeó intencionada-
mente.

–Ven conmigo, ya verás.

Al instante, Eleni enrojeció.

–Está en el Caribe –aclaró él–. Me refiero a la isla,
claro.

–Qué propio de un multimillonario como tú eso de
tener una isla.

–Sí, así es. Venga, Eleni, vamos a mi isla. Hoy
mismo –insistió Damon con súbita energía.

–Pero Giorgos...

–¿Qué pasa con Giorgos? Le diremos que nos
hemos ido y ya está –Damon se quedó a la espera, no
sabía si Eleni iba a atreverse a desafiar las órdenes de
su hermano o no.

A Eleni volvieron a iluminársele los ojos y Damon
contuvo una sonrisa triunfal. Le gustaba que Eleni
diera rienda suelta a su espíritu rebelde.

–¿Cuánto se tarda en ir allí?

Capítulo 11

ELENI, sentada en uno de los amplios asientos reclinables del avión privado de Damon, metió la mano en su bolso y sacó el papel y la pequeña caja de lapiceros que siempre llevaba consigo. Dibujar la tranquilizaba.

Damon tenía los ojos cerrados, y ella se lanzó a la tarea.

Al cabo de un rato, contempló el dibujo que había hecho de él e hizo una mueca. No quería por nada del mundo que Damon viera ese bosquejo, demasiado amateur. Dobló el papel, lo dejó en la pequeña papelera que tenía al lado y, justo en ese momento, el piloto anunció que se prepararan para el aterrizaje.

Damon abrió los ojos y le dedicó una sonrisa.

–Una vez que aterricemos, tomaremos un helicóptero para que nos lleve a la isla. El trayecto es corto –dijo Damon sonriendo.

Una vez en tierra, Eleni agarró su bolso y se dirigió a la salida por delante de él. Damon la había visto tirar el dibujo a la papelera y, curioso por ver qué era, agarró el papel y se lo metió en el bolsillo.

El viaje en helicóptero fue rápido. Estaba deseando llegar, a su casa. A su palacio. A la paz y la tranquilidad que le proporcionaba.

Respiró hondo al pisar tierra y se dirigió directamente al todoterreno que había ordenado que le llevaran.

–Antes de nada, vamos a hacer un tour, ¿te parece? –dijo Damon.

–¿En serio esta isla es tuya?

–Bueno, en realidad es de la empresa –contestó Damon–. Las empresas de alta tecnología necesitan esta clase de sitios para trabajar. Es parte de la imagen.

–No creía que fueras un esclavo de tu imagen. Eres un hombre al que no le importa nada lo que piensen los demás, ¿no?

No del todo, pero casi. Le gustaba que Eleni le contestara.

La oyó respirar hondo cuando la línea de costa se hizo visible. Empezaron a verse los tejados de algunas viviendas escondidas entre el exótico follaje. Sabía que aquel lugar era precioso, pero se alegraba de que Eleni también pudiera verlo.

–¿Hay gente que vive en esas casas todo el año?

–No –Damon se rio, le hacía gracia que ella le hubiera tomado la palabra literalmente–. En realidad, la isla es mía. Esas casas eran de un complejo turístico, pero ya no. Los empleados de mi empresa vienen alguna vez cuando hay que terminar algún proyecto importante o para descansar. Todos mis empleados tienen derecho a pasar aquí al menos seis semanas al año; por supuesto, con sus familias.

Damon aparcó el todoterreno delante de la playa principal y añadió:

–Todas las casas funcionan con energía solar y producimos toda la comida que podemos.

–Realmente, es un paraíso.

–Sí, lo es. Y aquí no hay periodistas ni fotógrafos ni nada. Este lugar es completamente privado, está aislado.

Eleni alzó los ojos al cielo.

–¿Drones tampoco ni ningún otro dispositivo?

–Nada. Solo paz y seguridad –confirmó él–. Y la mitad de mis empleados, pero están muy ocupados, así que puedes hacer lo que quieras y cuando quieras.

–¿Y con quien quiera? –preguntó ella con voz súbitamente ronca.

–No, solo conmigo. Venga, vamos, quiero enseñarte el sitio donde trabajamos.

Eleni no podía dar crédito a lo que veía. Esa isla era una joya, un tesoro. Una sensación de absoluta paz la envolvió.

–Esto es lo que llamamos «el estudio», es nuestra oficina central en la isla.

Eleni entró con él en un edificio de considerable tamaño. Era un espacio abierto con escritorios, ordenadores y zonas de descanso. Había cinco tipos todos de pie delante de una pantalla gigante.

–De izquierda a derecha tenemos a Olly, Harry, Blair, Jerome y Faisal –le dijo Damon en voz baja–. ¿Te acordarás de los nombres?

Eleni sonrió. Sí, había memorizado los nombres.

–Chicos, esta es Eleni –dijo Damon alzando la voz.

Le encantó que no hubiera utilizado su título, que no hubiera dicho su esposa. Eleni, simplemente. Un agradable calor le recorrió el cuerpo.

–Encantados de conocerte, Eleni –dijo Olly con un inconfundible acento australiano.

Después de los saludos en un ambiente completamente distendido, Damon le agarró la mano.

–Vamos, quiero enseñarte el resto.

–Buena idea –Eleni quería estar a solas con él, acaparar toda su atención.

–Mira, ese es el restaurante –dijo Damon.

El restaurante. En la playa. Con una barra de bar y una mujer que agitó la mano a modo de saludo y sonrió a Damon en el momento en que le vio.

–Rosa preparará lo que te apetezca comer, siempre que pidas algo fresco y delicioso –Damon saludó con la mano a la relajada y maravillosamente bronceada mujer sin pararse para hablar con ella.

–Este lugar es absolutamente precioso –dijo Eleni lanzando una mirada atrás, al restaurante.

–Rosa está casada con Olly, el tipo que...

–El de la barba, el australiano –Eleni suspiró, aliviada.

Damon sonrió traviesamente, como si hubiera notado su irracional ataque de celos.

–Olly y Rosa pasan aquí la mayor parte del año.

–¡Qué suerte! ¿Tú también vives aquí la mayor parte del tiempo?

–Las reuniones me obligan a estar en otros sitios, pero vengo aquí siempre que puedo.

–¿Y ahora qué? ¿Vamos ya a tu casa?

–No, todavía no.

Damon la llevó a un cobertizo con todo tipo de aparatos para deportes acuáticos imaginables. Desde tablas de surf a canoas o motos acuáticas.

–Increíble –dijo ella simplemente.

–Sabía que te gustarían los deportes de agua. Te gusta nadar, ¿verdad?

–Solo en la piscina del palacio. Suelo nadar todas las mañanas.

–¿No nadas nunca en el mar?

–¿A la vista de todo el mundo? –Eleni le miró como si se hubiera vuelto loco–. Y Giorgos jamás me ha dejado practicar el motociclismo acuático.

–A mí se me da muy bien –dijo él con vanidad–. Puedes venir conmigo si quieres.

–¿Me dejarás conducir una moto acuática?

–Claro, ¿por qué no?

–¿Y si fuera demasiado rápido?

–Creo que podré seguirte. Y ahora, me parece que ya es hora de que veas mi casa.

–Ya era hora –susurró Eleni.

Damon la llevó por un sendero rodeado de árboles hasta un precioso edificio situado al final del camino. Justo delante, había una piscina de horizonte infinito, perfecta para hacer largos. La casa era de madera, de dos plantas, ni grande ni pequeña. Por dentro, era lujosa, pero también acogedora e íntima.

De la mano, subieron una curva escalera de madera. El corazón comenzó a latirle con fuerza. Una lánguida excitación se apoderó de ella.

La estancia a la que Damon la llevó no era su dormitorio, sino un cuarto que se extendía a lo largo de la construcción con ventanales a la playa, al mar, al cielo. Una larga mesa ocupaba la mitad del espacio, los ordenados papeles y el recipiente cilíndrico con artículos para escribir que había encima indicaban claramente que era la mesa de trabajo de Damon. Un sofá ocupaba gran parte del resto del ventanal. Había un sillón delante de una chimenea grande y estanterías repletas de libros ocupaban la pared opuesta a las ventanas. Aquello era más que un lugar de trabajo, era el refugio de Damon, su retiro.

–Comprendo perfectamente que te encante –dijo ella, en el centro de la estancia, mirando a su alrededor y después la vista.

–Es la mejor vista de la isla.

–Esto es precioso. Los colores, la luz...

–No es un palacio –dijo Damon.

–Es mucho mejor que un palacio. Tienes mucha suerte de tener un hogar y no vivir en un museo.

–Puedes venir aquí cuando quieras y pasar el tiempo que quieras –dijo Damon.

Eleni no quería pensar en el futuro todavía. Lo único que quería era disfrutar de esa libertad, del momento. Y disfrutarlo con él... mientras durase.

–Quiero besarte –murmuró ella con voz ronca–. Quiero besarte como tú me has besado a mí. Llevo el día entero pensando en ello.

Damon sonrió.

–¿Es por eso por lo que dibujaste esto? –Damon se sacó del bolsillo un trozo de papel.

–¡Lo había tirado a la papelera!

–No deberías haberlo hecho.

Le dio mucha vergüenza que Damon hubiera visto el dibujo. Porque era un dibujo de él, medio desnudo. Un profundo rubor le subió por el cuerpo.

–¿Por qué no estudiaste Bellas Artes? –preguntó Damon.

–Habría sido muy arrogante por mi parte pensar que tengo talento –la verdad era que no se lo habían permitido.

–Tienes talento.

Las palabras de Damon la alegraron, la animaron, pero fingió no darles importancia.

–Lo que pasa es que he halagado tu vanidad porque te he puesto más músculos de los que tienes.

–Tengo músculos.

–No suelo dibujar...

–¿Imágenes eróticas? –Damon se echó a reír–. ¿Qué es lo que sueles dibujar?

–Perros.

–Así que los dibujos que hay en la sección de Kassie del hospital son tuyos, ¿eh? Haces esos dibujos para los niños.

–Son dibujos sin importancia –respondió ella, sorprendida de que Damon se hubiera fijado en ellos.

–Tienes mucho talento, Eleni –Damon la agarró por los brazos y la obligó a mirarle a los ojos–. Dime, ¿pintas también?

–A veces, pero sobre todo con lapiceros de colores y tinta.

–Vales mucho, Eleni.

Durante unos segundos, Damon la miró con una intensidad que no tenía nada que ver con el deseo sexual, sino con algo más profundo. Mucho más profundo. Y ella no se atrevió a enfrentarse a semejante posibilidad.

Sus ojos se encontraron. Algo se cruzó entre ellos y la mirada azul de Damon se intensificó. Damon alzó una mano, se la puso en la nuca y murmuró:

–Mía.

Sí, era suya. Y Damon era suyo también.

«Pero solo temporalmente. Solo de momento».

Capítulo 12

PODRÍAS ir un poco más rápido, ¿no? –la desafió Damon.

–Esto es mucho más divertido de lo que pensaba –Eleni, montada en la moto acuática, sonrió.

Con el cabello revuelto y sin nada de maquillaje, su princesa estaba más radiante que nunca. Cuanto más tiempo pasaba con ella, más le gustaba.

–Vamos, a ver si me puedes ganar.

A Eleni le brillaron los ojos. Le gustaba verla tan contenta. Lo que sí podía ofrecer a esa mujer eran unos momentos de libertad antes de que ella tuviera que regresar a su vida de princesa y a esa maldita jaula de oro en la que vivía.

Dos horas más tarde, Eleni, sentada en la playa, se sentía satisfecha. Aquel lugar era el paraíso, y con Damon mucho más. Damon charlaba, bromeaba, reía... Pero también le gustaba así, como ahora, sentado a su lado, en silencio, disfrutando del sol.

Ahora comprendía por qué, al principio, Damon no se había fiado de ella, por qué no quería que su hijo se criara con unos padres que no se amasen. Sin embargo, ahora que lo sabía, la situación había cam-

biado. Sus sentimientos hacia Damon eran más pro-
fundos, lo que le causaba una gran confusión.

Eleni se echó hacia delante, un escalofrío le recorrió el cuerpo. No le gustaba la inseguridad que sentía.

—Creo que voy a ir a la casa a echarme una siesta.

Damon la acompañó. Pero al subir al piso de
arriba, Damon le sonrió y tiró de ella hacia la estancia en la que él trabajaba, su refugio.

Eleni se detuvo en el umbral de la puerta y clavó
los ojos en la mesa nueva que ocupaba el lugar que
antes había ocupado el sofá. La mesa estaba de lado;
en realidad, era un tablero de dibujo. A su lado había
un mueble con cajones y un caballete plegable. Encima del mueble había cajas con todos los utensilios
necesarios para la pintura y el dibujo. Instintivamente, supo que, si abría uno de los cajones, cualquiera, encontraría más material: papel, pintura, pin-
celes, tinta, brochas...

Y nada de eso era para uso de Damon, sino para
ella.

—¿Cuándo has hecho todo esto?

¿Y cómo? ¿Y por qué?

Eleni volvió el rostro y clavó los ojos en los de él.
Una hermosa sonrisa asomó al rostro de Damon.

—Me puse en contacto con un diseñador gráfico de
una tienda de material de pintura y dibujo de los Es-
tados Unidos. Llegó anoche y lo ha montado todo
mientras nosotros estábamos haciendo motociclismo
acuático —Damon achicó los ojos—. ¿Habrías preferido elegir tú personalmente el material?

—No, no, no. Esto es... increíble. Mucho mejor que
lo que tengo en casa.

–No te gastas dinero en material porque...

–Es solo un entretenimiento para mí –le interrumpió ella.

–Es más que un entretenimiento, Eleni.

A Eleni le conmovió que Damon comprendiera hasta qué punto le gustaba el dibujo y la pintura.

–¿No te voy a molestar dibujando aquí?

Damon le acarició el rostro.

–Me gusta tu compañía. Y no solo por... –Damon no acabó la frase, estaba claro a qué se había referido. Su sonrisa lo decía todo.

Eleni sonrió tímidamente. Damon estaba dispuesto a compartir su espacio con ella. La quería cerca de él. Jamás le habían hecho un regalo así.

–Gracias –contestó Eleni con voz queda–. A mí también me gusta tu compañía.

Damon era consciente de lo mucho que Eleni había cambiado durante los pocos días que llevaba en la isla gozando de absoluta libertad. Pero también sabía que Eleni necesitaba más, se merecía más. Era una mujer cariñosa y generosa. Era una buena persona. Se merecía a alguien que pudiera entregarse por completo a ella.

¿Qué podía él ofrecerle? Eleni solo tenía a su hermano, un hombre totalmente dedicado a su trabajo, necesitaba un marido que pudiera ofrecerle amor y una familia. Él, por el contrario, no podía ofrecerle ni cariño ni amor.

Tenía dinero, por supuesto, pero el rey Giorgos jamás

permitiría que su hermana pasara apuros económicamente. Aparte de dinero, él solo podía ofrecerle orgas-
mos y algún que otro comentario jocoso que la hiciera
reír. No sabía cómo ser un buen padre ni un buen marido. Eleni se merecía más, se merecía lo mejor. Y, de un
modo u otro, debía ayudarla a encontrarlo. Se lo debía.

Damon salió de las oficinas donde había estado
trabajando un rato con sus compañeros y se dirigió a
la casa. Quería consultarle a Eleni sobre un logotipo
que estaban diseñando. Quería la opinión de ella. Quería estar cerca de ella.

Encontró a Eleni sentada a su mesa, cubierta solo
con un bikini naranja y más bonita que nunca. Encima
del bikini llevaba una camisa blanca suelta que le caía
hacia un lado y enseñaba un bronceado hombro. Tenía
el cabello ligeramente revuelto y no se había maqui-
llado.

Eleni estaba preciosa y relajada, nunca la había
visto tan feliz. Se conformaba con cualquier cosa,
cuando debería tener más, mucho más. Mucho más
de lo que él podía darle.

La sonrisa que ella le dedicó le conmovió hasta
un punto desconocido para él.

–Ya veo que estás ocupada –dijo Damon mante-
niendo las distancias, intentando resistir el impulso
de abrazarla.

«Se merece mucho más».

–No, no te preocupes –Eleni dejó el lapicero–.
¿Querías algo?

Se le había olvidado, pero los ojos de Eleni, fijos
en el papel que tenía en la mano, se lo recordaron.

–Solo esto –Damon miró las imágenes de los papeles que tenía en las manos–. Quería tu opinión.

–¿Mi opinión? –repitió ella con voz queda.

–Tienes buen ojo para lo artístico. Me gustaría que me dijeras cuál de estos diseños te gusta más.

Eleni parpadeó.

–En ese caso, será mejor que me los enseñes, ¿no? –Eleni sonrió, pero él no le devolvió la sonrisa.

Damon puso las páginas encima de la mesa de dibujo y ella examinó los tres diseños que le acababa de enseñar. El hecho de que Damon valorara su opinión la enterneció.

–Este me parece más limpio que los otros, hace que uno se fije más en él –dijo Eleni señalando el de la izquierda–. ¿No crees?

–Sí –Damon asintió bruscamente–. Gracias.

Una expresión desafiante, decidida, cruzó el rostro de él al separarse de ella.

Eleni se quedó muy quieta mientras trataba de interpretar las emociones que el rostro de Damon reflejaba. ¿Qué demonios le estaba pasando por la cabeza?

–¿Qué pasa? –Damon esbozó una irónica sonrisa–. No sé por qué me miras así, eres tú quien tiene una mancha de tinta en la nariz.

–Oh –rápidamente, Eleni se frotó la nariz.

–Ven aquí –dijo Damon con algo entre un gruñido y un suspiro al tiempo que sacaba un pañuelo de celulosa de una caja que había encima de su escritorio.

A Eleni le encantaba estar cerca de él. Le encantaba que Damon, entre bromas, cuidara de ella. Se quedó muy quieta mientras Damon le limpiaba la nariz. Estaba tan cerca, su comportamiento era tan tierno... Sin embargo, los ojos de Damon tenían una expresión seria.

Nunca nadie le había prestado la atención que él le prestaba. Damon la veía tal y como era. La valoraba, la apreciaba. Y eso era más importante para ella de lo que jamás se habría podido imaginar.

De repente, sin mediar palabra, Eleni se inclinó sobre él involuntariamente.

–Eleni... –Damon la agarró, el azul de sus ojos se intensificó–. ¿Te pasa algo?

Una oleada de emociones se apoderó de ella espontáneamente.

–Te amo.

Capítulo 13

NO ME arrepiento de haber dicho eso –declaró Eleni con voz temblorosa, decidida a creer sus propias palabras.

Impulsiva. Impetuosa. Espontánea. Estúpida.

Porque Damon se quedó como una estatua de mármol, con los ojos desmesuradamente abiertos y las manos agarrándole los brazos con fuerza. Pero ella no estaba dispuesta a echarse atrás, no iba a retirar lo que había dicho. Ya no. Y lo iba a repetir, en voz más alta, sin dejar dudas.

–Me he enamorado de ti, Damon.

Le gustó admitirlo. Pero le asustó también.

La expresión de Damon siguió igual durante unos segundos más. Por fin, la soltó rápidamente y dio un paso atrás.

–Crees que estás enamorada de mí porque he sido el primero –declaró Damon por fin, con crueldad.

Después, volviéndose de espaldas a ella, se dirigió a su escritorio.

–No me tomes por tonta –Eleni estaba tan atónita que fue tras él, tiró del brazo de Damon y le obligó a volverse de cara a ella–. Haz el favor de tomarme en serio.

Damon le apartó la mano de su brazo.

–Escucha, Eleni... –Damon hizo una pausa para llenarse de aire los pulmones–, nunca habías tenido un amante. No se te había presentado la oportunidad, hasta ahora. Yo solo soy un tipo que conociste y con el que te acostaste. El deseo sexual no es lo mismo que el amor.

–Eso ya lo sé –no era tonta.

–¿En serio lo sabes, Eleni? –preguntó Damon con más frialdad que nunca–. Aquí te sientes libre por primera vez en tu vida. Creo que estás algo confusa.

–¿Porque he podido pasearme por la playa sin miedo a los fotógrafos? ¿Crees que es eso lo que me ha hecho pensar que estoy enamorada de ti? –no se podía creer lo que Damon le acababa de decir–. Puede que no haya tenido un millón de amantes, pero sé lo que es el cariño. Soy capaz de amar.

–No, tú sabes obedecer –dijo Damon despiadadamente–. Eres capaz de hacer lo que te mandan aunque ello te haga sufrir.

–Ahora me estoy enfrentando a la vida por mí misma.

Damon sacudió la cabeza.

–Estás confusa.

–Y tú me estás tratando igual que mi hermano. ¿Crees que no puedo pensar por mí misma? –¿cómo podía Damon menospreciar de esa manera lo que sentía por él? Le dolía enormemente que no la creyera–. Lo que te he dicho es la verdad.

–No, no lo es.

–No me niegues mi verdad.

–Eleni –Damon cerró los ojos durante un segundo, pero eso parecía reforzar su opinión. Abrió los ojos y la dura expresión de él la hizo retroceder–. Te he utilizado. Te he tratado muy mal. No puedes estar enamorada de mí –Damon respiró hondo–. Lo siento, Eleni, pero yo no te quiero. Solo estamos juntos porque estás embarazada.

Las palabras de Damon le golpearon donde más le dolía. Porque, en el fondo, sabía que Damon no se habría puesto a buscarla de no haberse dado cuenta de que podía haberla dejado embarazada, no lo había hecho porque hubiera querido volverla a ver.

–Así que esto solo ha sido por lo de mi embarazo, ¿verdad? –dijo Eleni en voz baja.

–Sí.

–Sin embargo, no te ha importado seguir acostándote conmigo.

Damon bajó la mirada.

–Y la princesa Eleni ha sido una conquista fácil para ti porque no tenía ninguna experiencia, porque no te costaba nada excitarla, ¿verdad? –no podía soportar mirarle, pero tampoco podía apartar la vista de él.

–Eleni...

–Sí, no tenía experiencia y quizá estuviera necesitada de atención... –Eleni se interrumpió, una idea terrible se le pasó por la cabeza–. ¿Te has estado riendo de mí?

De repente, enrojeció de los pies a la cabeza al pensar en el abandono con el que se había entregado a ese hombre. Y tantas veces.

–Jamás me he reído de ti. Pero insisto, confundes el deseo sexual con el amor.

No, no se podía creer eso. No era verdad.

–Dime, ¿lo único que sientes por mí es deseo sexual? –¿era eso solo lo que Damon sentía por ella cuando estaban sentados en la playa charlando y cuando se reían por cualquier tontería?–. ¿No crees que podríamos tenerlo todo?

–Nadie lo tiene todo, Eleni. Eso es una ilusión, algo que no existe en la realidad.

–No, esa es tu excusa para ni siquiera intentarlo. Quizá con tus padres... ¿Es eso lo que aprendiste de ellos, ni siquiera intentarlo?

–Sí, eso es lo que aprendí de ellos –declaró Damon con voz gélida–. No soy capaz de amar, Eleni. No estoy hecho para el matrimonio, ni ahora ni nunca. Repito, soy incapaz de amar.

–No es posible que lo digas en serio.

–¿Que no? –Damon lanzó una amarga carcajada–. ¿Cómo se te ha podido ocurrir pensar que estás enamorada de mí? –se acercó a ella–. Te seduje, aunque sabía que eras muy inocente y que no tenías experiencia. ¿Me impidió eso que te poseyera en diez minutos haciendo gala de mi dominio sexual? No, todo lo contrario, me excitó más. Y después de dejarte embarazada, te secuestré y, a continuación, te obligué a que te casaras conmigo. Dime, ¿crees que eso puede ser la base para una relación estable de larga duración?

Damon se rio sin humor y añadió:

–No, Eleni, sería un rotundo fracaso.

–No fue así.

–Fue exactamente como he dicho.

No, no era verdad. Damon estaba asumiendo el papel de villano, se estaba pintando como los malos de los juegos de ordenador que creaba.

–¿Vas a decirme que no te importo en absoluto?
–no pudo evitar preguntar Eleni.

–Me importas lo suficiente como para saber que
te mereces algo mejor.

–¿Mejor que qué, que tú? –ella le miró fijamente
a los ojos–. Eres más sensible de lo que te gusta admitir. Más cariñoso. Eres considerado con tus empleados, te portas muy bien conmigo... –Eleni trató
de sonreír, pero no pudo, Damon no le estaba pres-
tando atención, no la creía–. Eres respetuoso, crea-
tivo... Y no me crees.

–No es posible que pienses lo que dices.

Iba a demostrarle que se equivocaba.

–Sé que no quieres verte involucrado en la vida de
una familia real –declaró Eleni–. Por eso, estoy dispuesta a renunciar a mi título.

–¡Qué! –Damon pareció perplejo.

–Le diré a Giorgos que quiero vivir como una ciu-
dadana normal. Viviremos donde sea, me da igual.
Aquí, por ejemplo. Podría buscarme un trabajo, hacer algo útil.

Damon se echó a reír.

Eleni se quedó helada. Damon la había rechazado,
había rechazado su amor. La estaba tratando como
la habían tratado todos siempre, como si solo fuera
un objeto decorativo sin ninguna utilidad, sin importancia. Sin auténtico valor. Había sido una estúpida
al pensar que con Damon era diferente, que él la veía
de otra manera. Se había mostrado con ella cariñoso
y considerado.

–¿Por qué no me crees? –preguntó ella sin poder
ocultar el dolor que sentía–. ¿O es que te asusta creerme?

–No hablas en serio, Eleni –contestó Damon inconmovible.

–¿Por qué no puedes creer que te quiera? –Eleni estaba segura de que era el miedo lo que hacía que Damon la rechazara–. ¿Por qué no puedes creer que esté dispuesta a dejarlo todo por ti?

–¿Crees que tengo un problema simplemente por no estar enamorado de ti? –preguntó él con crueldad–. ¿No será que estás cansada de ser una princesa y por eso estás dispuesta a renunciar a tu título ahora, de repente?

–Sí, pobrecita de mí, ¿verdad? –dijo ella con amargura–. Tengo que soportar vivir en un palacio, llevar ropa de diseño y tener todo lo que se me antoja...

–No eres materialista –la interrumpió él con dureza–. Tú no quieres cosas, quieres vivir tu vida.

–No. Lo que quiero es a ti.

Damon se la quedó mirando.

–Quiero que estés conmigo, donde sea, no me importa. Quiero que estés donde yo esté. Quiero saber que te tengo a mi lado. Me da igual lo que hagas o dejes de hacer, lo único que quiero es ese hombre que me hace sonreír, que se ríe conmigo. Un hombre que es apasionado y que piensa por sí mismo –Eleni se interrumpió y respiró hondo–. Quiero que seas lo primero, por encima de mi hermano, de mi familia, de mis deberes y obligaciones. ¿Es que no lo entiendes? Te quiero.

–Y yo no quiero eso –replicó Damon con aspereza–. No te quiero de esa manera. No estoy enamorado de ti, Eleni. ¿Es que no entiendes que jamás podré amarte? Y muy pronto te darás cuenta de que tú tampoco estás enamorada de mí.

Sintió físicamente la dureza de las palabras de Damon, su rechazo. ¿No la había humillado ya lo suficiente? Había confundido el afecto superficial que Damon le tenía por amor.

—Tengo que marcharme —declaró Eleni con voz apagada. No podía seguir allí con él.

—¿Vas a huir otra vez? —preguntó él con frialdad—. Eso es lo que haces siempre, ¿verdad?

No, no iba a huir. Ya no.

—Mi hijo va a ser un Nicolaides —Eleni enderezó la espalda—. Mi hijo, o hija, formará parte de la familia real. Y hasta que Giorgos tenga hijos, si por fin los tuviera, mi hijo me seguirá a mí en la sucesión al trono. No hay más que hablar. Voy a regresar a Palisades. Ese es mi hogar.

Damon se quedó inmóvil.

—¿No vamos a seguir juntos hasta que llegue el momento del parto?

Ahora, por fin, le creía. Damon no estaba enamorado de ella.

—Te he declarado mi amor, Damon —dijo Eleni con un nudo en la garganta y el corazón destrozado—, pero tú no lo has aceptado. No me has aceptado. No me crees. Me deseas, pero no me amas. Está bien, lo comprendo. No obstante, estoy segura de que algún día sentirás por otra mujer lo mismo que yo siento por ti, entonces me comprenderás. Nadie es inmune al amor, Damon, somos humanos.

Eleni le miró fijamente y se dio cuenta de algo que no había visto hasta ese momento, y lo utilizó para golpearle.

–Pero, sobre todo, lo que te pasa es que tienes miedo. Por eso es por lo que te escondes en tu isla. Lo haces por miedo, por cobardía. Sé que tus padres no han sido unos padres normales y que te han hecho mucho daño, pero utilizas eso para evitar involucrarte emocionalmente.

Eleni tomó aire desesperadamente y añadió:

–¿Piensas que lo que yo hago no tiene valor, que no me merezco algo más? Bien, puede que tengas razón en cierto modo, pero también te equivocas. Puede que no sea mucho, que pueda parecer superficial, pero, como princesa de Palisades, hago sonreír a la gente. Y me merezco más, como persona.

Por irónico que resultara, era Damon quien le había hecho darse cuenta de ello. Y era con él con quien había esperado conseguirlo.

–No puedes darme lo que necesito y yo no me voy a conformar con menos –declaró Eleni–. Así que no, no voy a pasar contigo estos meses. No puedo seguir aquí un segundo más.

A pesar de que marcharse la iba a matar.

Probablemente nadie la amaría por sí misma. Pero, como princesa, la querían. Tendría que conformarse con eso.

Capítulo 14

ESTÁ segura de que quiere ir, señora? –preguntó Bettina con delicadeza.

–Para algo me he puesto colorete, ¿no? Además, quiero presumir de bronceado –dijo Eleni bromeando y sonriendo a su dama de compañía–. No te preocupes, estoy bien, será una diversión. Pero, de todos modos, gracias por preocuparte por mí.

Eleni necesitaba hacer algo, sentir algo.

Llevaba encerrada en el palacio casi dos semanas, esperando tener noticias de él, pero nada. No podía dibujar, no podía nadar en la piscina del palacio. Había intentado leer, pero no conseguía concentrarse. No soportaba echarle tanto de menos.

«No me merece».

Se había repetido a sí misma esas tres palabras sin cesar, pero el dolor que sentía no había disminuido. Con un poco de suerte, la visita a la galería de arte la distraería un rato. El hecho de que fuera una visita con un grupo de niños ayudaría, los niños hacían preguntas constantemente, no se dejaban intimidar por el hecho de que ella fuera la princesa. Por supuesto, sería una prueba para ella: le preguntarían sobre su marido, querrían ver el anillo de boda y el de compromiso. Querrían verla sonreír.

Giorgos le había dado la impresión de estar algo agobiado al llamarla por teléfono, lo que era impropio de él. Y, por algún motivo que su hermano no había logrado explicar, seguía en la Casa de Verano y le había pedido que no faltara a la inauguración de la pequeña galería de arte. Por supuesto, ella había accedido inmediatamente. Se estaba volviendo loca encerrada allí. Necesitaba ocuparse con algo, solo así conseguiría soportar su sufrimiento.

Oír la voz de Giorgos la había consolado. Igual que apreciaba que Bettina se preocupara por ella. Lo mismo ocurría con su escolta, siempre a su lado cuando le necesitaba.

Sonrió cuando Tony le abrió la puerta del coche.

–Me alegro de volver a verle.

–Gracias, señora.

–Hoy prometo no desaparecer –bromeó Eleni, decidida a no ignorar el pasado.

–Lo comprendo, señora –la habitual expresión impasible de Tony dio paso a una sonrisa–. Pero no voy a perderla de vista ni un segundo.

–Entendido. Y se lo agradezco.

Aunque era una hermosa mañana de finales de verano, Eleni se había puesto una chaqueta de tejido fino por encima del vestido suelto con estampado de flores para ocultar su figura y evitar comentarios. En un futuro próximo, no podría evitarlos, pero ese día no quería chismorreos.

Veinte minutos más tarde, se bajó del coche delante de una discreta puerta lateral de la galería de arte. Se detuvo un segundo para aceptar un ramo de flores que una dulce niña le ofreció. Pero al volverse para entrar en el edificio, se quedó helada. Parpadeó y volvió a echar a andar guiada por Tony; no obstante, volvió la cabeza, algo había llamado su atención. Durante unos segundos, le había parecido ver, al otro lado de la calle, un cuerpo de hombre alto, de anchas espaldas y más guapo que Adonis.

«Son imaginaciones tuyas».

No, ese hombre ya no estaba en el lugar en el que había creído verle.

Eleni lanzó un suspiro, se adentró en la galería y, rodeada del grupo de niños, se paseó entre los cuadros charlando con ellos y comentando las pinturas. Pero a pesar de que ya se le habían pasado las náuseas propias de comienzos del embarazo, el esfuerzo de sonreír constantemente y forzar su ánimo la cansaron.

Sintió un gran alivio cuando vio a Tony hacerle la acostumbrada señal para marcharse antes de volverse ligeramente y murmurar algo en su teléfono móvil.

Damon abrió el coche y se sentó al volante, esperando que le dieran el aviso. Le dio un vuelco el corazón cuando sonó su móvil. Apenas conseguía permanecer quieto.

Por fin, una de las portezuelas de atrás se abrió. La oyó dar las gracias educadamente.

Damon encendió el motor, cerró las puertas apretando un botón y puso en marcha el coche.

–Tony... –Eleni se inclinó hacia delante desde el asiento posterior.

–Damon –la corrigió él sintiendo un profundo placer al oír esa voz de nuevo.

Al mirar por el espejo retrovisor casi perdió el control del automóvil. Eleni estaba preciosa. Pero palideció cuando sus ojos se encontraron en el espejo retrovisor y ella se dio cuenta de que era él realmente quien estaba al volante. La había hecho sufrir. Le había robado su brillantez. Él lo había hecho.

Vio los ojos de Eleni llenarse de lágrimas y tuvo que hacer un esfuerzo ímprobo para no perder el control. No soportaba verla así. Sin embargo, al mismo tiempo, la angustia de ella le dio esperanzas. Su presencia le afectaba, Eleni no se había olvidado de él.

No se la merecía.

–¿Por qué estás aquí? –preguntó Eleni con voz gélida.

Lo único que Damon quería era abrazarla, pero no podía. Eleni estaba furiosa con él y tenía todo el derecho del mundo a estarlo. Tenía que hablar con ella, pedirle perdón. Y, después, pedirle todo.

A pesar de que él la había rechazado.

Agarró con fuerza el volante mientras trataba de recordar a dónde demonios se suponía que iba. Aquello era más difícil de lo que se había imaginado, y se había imaginado lo peor.

–He venido a secuestrarte –respondió Damon.

Tenía que ir a un lugar en el que poder hablar a solas con ella, sin interrupciones.

Damon volvió a mirar por el espejo retrovisor. La

expresión de Eleni se había endurecido, estaba encolerizada.

–No voy a causar problemas a Tony otra vez –le espetó ella–. Tony no se merece...

–Tony sabe que estás conmigo –la interrumpió Damon rápidamente–. Giorgos también lo sabe.

–¿Así que todos sabíais esto menos yo? –preguntó Eleni echando chispas por los ojos.

Damon decidió no contestar, eso solo empeoraría la situación.

–No me parece nada bien, Damon –dijo ella con frialdad.

–Lo entiendo –repuso Damon doblando una esquina–. Estoy deseando... –se interrumpió y aparcó en una estrecha calle empedrada.

–¿Qué es lo que estás deseando? –inquirió ella con altivez.

Mientras esperaba una respuesta, Eleni hizo un esfuerzo por no perder los estribos, a pesar de que el corazón parecía querer salírsele del pecho. Damon estaba allí. No solo eso; además, se había puesto de acuerdo con su hermano y con Tony para... no se atrevía a preguntarse el motivo.

Era demasiado importante. Él era demasiado importante.

Pero también era demasiado tarde. Damon había tomado una decisión. Damon la había dejado marchar. Damon le había decepcionado.

–Eleni.

Eleni cerró los ojos. ¿Cómo podía Damon hacerle eso? Con solo una mirada, con solo una palabra, la hacía desear arrojarse a sus brazos. Pero se negaba a ser tan débil. No podía permitir que Damon ejerciera semejante poder sobre ella.

–Llévame al palacio inmediatamente –ordenó Eleni.

Damon apagó el motor, salió del coche y, para horror de ella, abrió una de las portezuelas de atrás y se sentó a su lado antes de volver a cerrar.

–Concédeme diez minutos –dijo Damon quitándose las gafas de sol. Y, a continuación, la miró con intensidad–. Si después deseas que te lleve al palacio, lo haré sin demora. Solo te pido diez minutos. Por favor.

–¿Qué más puedes decirme, Damon? Ya dijiste todo lo que tenías que decir. Los dos queremos cosas diferentes de la vida.

–Diez minutos, Eleni –insistió Damon–. No voy a marcharme sin que antes me escuches –tras unos segundos de silencio, añadió–: Por favor.

Fue el tono de ruego de Damon lo que la hizo volverse hacia él, que la miraba con una extraña intensidad. Damon siempre la había hecho sentirse como si fuera lo más importante del mundo para él.

No era justo. No era verdad. Ella no era importante para Damon.

–Cinco minutos –declaró Eleni en tono tajante.

Damon sonrió, pero fue una sonrisa breve, desapareció en el momento en que volvió a hablar.

–Perdóname, Eleni.

Eleni temió que el corazón dejara de latirle. Contuvo la respiración.

—Es muy fácil pedir perdón —susurró ella.

—La noche de la fiesta...

—No, no quiero volver a hablar de eso —le interrumpió ella furiosa—. No vamos a hablar de esa noche.

—Sí, vamos a hablar de ello. Todo empezó esa noche, Eleni. No podemos olvidar lo que pasó. No podemos ignorar...

—Tú ya lo has hecho —dijo ella—. Tú ya has rechazado...

—Mentí. Escúchame, por favor —la interrumpió Damon—. Aquella noche... nunca había deseado tanto a una mujer como te deseé a ti. Fue sobrecogedor.

Eleni respiró hondo.

—Me he negado a admitirlo hasta ahora, pero lo que hay entre los dos es mucho más que sexo, Eleni —añadió Damon con un brillo en los ojos que casi la cegó.

—Sé que te menosprecié cuando me confesaste lo que sentías por mí. No te creía, no podía creerte. Siento mucho lo que te he hecho sufrir —Damon, sin que ella lo hubiera notado, se le había acercado—. No debería haberte dejado marchar.

—¿Por qué no? ¿Porque ahora no tienes a nadie que te muestre adoración? ¿O echas de menos el sexo? ¿O mis infantiles declaraciones de amor?

—Tú no eres infantil, Eleni —Damon sacudió la cabeza—. Lo que pasa es que yo soy un ignorante. No sabía lo que era el amor, Eleni. Nadie nunca me había dado lo que tú me diste. Y, como un auténtico imbécil, me encontré con que no sabía qué hacer —bajó la mirada—. No sé cómo tratarte ni cómo expresar lo que siento por ti. Sé que es... mucho.

Damon se llevó una mano al pecho y continuó.

—Pero me cambiaste la vida y no sabía cómo responder a eso. Lo tenía todo organizado, controlado: mi trabajo, alguna que otra aventura amorosa pasajera y sin complicaciones, una vida sin problemas, éxito en los negocios... Pero tú me hiciste «sentir».

—¿Sentir... qué? —preguntó Eleni fríamente, pero por dentro estaba hecha un manojo de nervios. Quería que Damon siguiera explicándose, aún no se atrevía a confiar en él.

—Necesidad —declaró él—. Necesidad de estar con una persona con la que poder hablar, reír, compartir, a la que poder abrazar y... amar.

—Es decir, ¿que todo gira alrededor de lo que tú necesitas? —Eleni le lanzó una incisiva mirada.

—No sé si seré un buen padre para nuestro futuro hijo —declaró Damon tras un suspiro—. No sé si podré ser el marido que tú te mereces... Jamás me imaginé que esto pudiera ocurrirme a mí —Damon palideció visiblemente—. Tú te mereces mucho más de lo que yo puedo ofrecerte.

Eleni sacudió la cabeza.

—Eso es una excusa, Damon. Yo no tengo nada de especial.

—¡Para mí sí eres especial! Eres la persona más generosa, más fiel y más cariñosa que he conocido en mi vida, y lo único que quiero es estar a tu lado. Lo que pasa es que no te valoras como deberías.

Ahora sí se valoraba, él había hecho que se valorase a sí misma. Eso era algo que Damon le había enseñado. Y por eso le había dejado, porque ahora sabía lo que era el verdadero amor y también sabía que se merecía más de lo que él estaba dispuesto a darle.

—Sí me valoro –dijo ella con la voz quebrada–. Por eso es por lo que he vuelto a Palisades. Por eso no podía permanecer contigo. Porque necesito...

Eleni no pudo continuar, se le había cerrado la garganta.

—Lo siento, cielo, siento haberte hecho sufrir tanto. Por favor, no me digas que es demasiado tarde. No puede ser. Porque te quiero, Eleni. Te amo –Damon se le acercó, aunque ella permaneció en silencio–. Eleni, por favor, no llores. Por favor, escúchame.

Damon le puso las manos en el rostro y continuó hablando con voz ronca.

—Hasta que te conocí, no sabía lo que era el amor, no sabía lo que significaba ni cómo demostrarlo. Te quiero, pero no sé ni cómo empezar. No sé qué hacer. Por favor, Eleni, te lo ruego, dime qué hacer para convertirme en el hombre que necesitas.

—Ya eres el hombre que necesito –susurró ella con voz ahogada, aún enfadada por que Damon no lo hubiera comprendido–. Tú eres lo único que necesito, solo tú, tal y como eres. Y ya has empezado a demostrarlo viniendo aquí.

Volviendo con ella.

Damon la miró fijamente y con las yemas de los dedos le recorrió las mejillas.

—¿Ves lo generosa que eres? –murmuró Damon casi para sí mismo–. Te quiero, Eleni.

Lo había repetido. Un par de lágrimas resbalaron por sus mejillas.

—Siento mucho que me haya costado tanto tiempo

reconocerlo. Te he echado tanto de menos... Las dos últimas semanas han sido un infierno.

A Eleni se le encogió el corazón al verle a punto de llorar. La emoción le había cerrado la garganta.

–Lo sé –murmuró ella.

–Por favor, ten paciencia conmigo. Y sé sincera también, dime lo que tengas que decirme, como el día que te marchaste.

Eleni respiró hondo. Lo que más deseaba en el mundo era creerle, pero necesitaba comprenderlo.

–¿Qué es lo que ha cambiado? ¿Qué es lo que te ha hecho volver aquí?

–La tristeza –declaró Damon sencillamente–. Me he sentido muy solo, lo he pasado muy mal. Al final, tras reflexionar mucho, me he dado cuenta de que tenías razón respecto a todo lo que me dijiste. Tenía miedo. Cuando me dijiste que me querías, no podía creerte, estaba asustado.

–¿Y crees que no me asustaba a mí declararte mi amor?

Damon esbozó una sonrisa de arrepentimiento.

–Ya sabes que en mi familia las emociones y los sentimientos son anatema. A mis padres solo les interesan los contactos provechosos. Yo quiero mucho más que eso, quiero ser más que eso.

–Eres mucho más que eso, Damon. Lo que pasa es que te lo tienes que creer.

–Sí, ahora ya lo sé. Tiene que ser así; de lo contrario, no te habrías enamorado de mí –dijo él con ligera arrogancia–. Porque me quieres, ¿verdad?

–Claro que te quiero –dijo ella con voz queda–. ¿Cómo iba a poder resistirme a ti?

–Igual me pasa a mí –Damon le acarició la cintura–. No puedo vivir sin ti, Eleni, no puedo estar separado de ti. Por eso te voy a llevar conmigo, voy a secuestrarte y no le voy a pedir disculpas a nadie –declaró con desesperación.

La emoción derrumbó el último vestigio de las defensas de ella.

–No vas a secuestrarme, voy a ir contigo por voluntad propia –dijo Eleni entre sollozos, abrazándole–. Voy a pasar el resto de mi vida contigo porque quiero, casada contigo.

–¡Menos mal! –Damon se la sentó encima con apenas contenida pasión–. Te amo. Te amo. Te amo...

–¿Adónde pensabas llevarme? –preguntó ella con lágrimas de felicidad.

–Al barco otra vez –respondió Damon con una sonrisa traviesa–. No es nada fácil secuestrar a una princesa y llevársela de Palisades. Ese maldito palacio es como una fortaleza.

Eleni se echó a reír.

–Pero el tesoro que esconde ese palacio... En fin, ahora ese tesoro es mío.

–¿Y lo vas a conservar?

–Por supuesto. Siempre.

–En ese caso, ¿a qué esperas? Venga, vamos al barco. Ya mismo.

El rostro de Damon se iluminó.

–No te puedes imaginar lo mucho que te deseo...

–Me parece que sí, que puedo imaginármelo –le interrumpió ella casi sin respiración.

Damon, rápidamente, volvió a sentarse al volante y encendió el motor.

–¿Así que Giorgos y Tony han sido cómplices tuyos?

–Sí, así es –Damon condujo con rapidez–. Tenías todas las de perder.

–¿Eso crees? –preguntó Eleni, mientras él aparcaba en el puerto deportivo.

–Aunque no lo creas –Damon salió del coche y le abrió la puerta–, lo único que desean es que seas feliz.

–¿Y les parece que lo seré estando contigo?

–¿No es así?

Eleni salió del coche y le acarició el rostro a Damon.

–Sí, claro que es así. Ya sí.

Tardaron breves minutos en estar a solas por fin. En el barco. El uno cerca del otro mirándose a los ojos.

–Haz lo que quieras conmigo, mi vida –murmuró Damon–. Todo lo que soy y todo lo que tengo es tuyo.

–Ya tengo tu cuerpo, ahora quiero tu corazón –murmuró Eleni.

–Solo late por ti –Damon entrelazó los dedos con los de ella–. Solo me he sentido realmente vivo después de conocerte. Lo eres todo para mí. Te quiero, Eleni.

–Y yo también te quiero a ti –Eleni se abrazó a él, permitiéndole que tomara las riendas al paraíso.

–Demasiado rápido –gruñó Damon agarrándola con fuerza de las caderas, obligándola a ir más despacio.

Sonriente y más allá de toda excitación posible, Eleni bromeó.

–¿Qué importancia puede tener? Ahora que disponemos de todo el tiempo del mundo, podemos hacerlo todas las veces que queramos.

–Sí –esos ojos intensamente azules, reflejando un profundo deseo, se clavaron en los suyos–, toda la vida.

Acepte 2 de nuestras mejores novelas de amor GRATIS

¡Y reciba un regalo sorpresa!

Oferta especial de tiempo limitado

Rellene el cupón y envíelo a
Harlequin Reader Service®
3010 Walden Ave.
P.O. Box 1867
Buffalo, N.Y. 14240-1867

¡Sí! Por favor, envíenme 2 novelas de amor de Harlequin (1 Bianca® y 1 Deseo®) gratis, más el regalo sorpresa. Luego remítanme 4 novelas nuevas todos los meses, las cuales recibiré mucho antes de que aparezcan en librerías, y factúrenme al bajo precio de $3,24 cada una, más $0,25 por envío e impuesto de ventas, si corresponde*. Este es el precio total, y es un ahorro de casi el 20% sobre el precio de portada. !Una oferta excelente! Entiendo que el hecho de aceptar estos libros y el regalo no me obliga en forma alguna a la compra de libros adicionales. Y también que puedo devolver cualquier envío y cancelar en cualquier momento. Aún si decido no comprar ningún otro libro de Harlequin, los 2 libros gratis y el regalo sorpresa son míos para siempre.

416 LBN DU7N

Nombre y apellido	(Por favor, letra de molde)
Dirección	Apartamento No.
Ciudad	Estado Zona postal

Esta oferta se limita a un pedido por hogar y no está disponible para los subscriptores actuales de Deseo® y Bianca®.
*Los términos y precios quedan sujetos a cambios sin aviso previo.
Impuestos de ventas aplican en N.Y.

SPN-03   ©2003 Harlequin Enterprises Limited

DESEO

Un fin de semana
imborrable

ANDREA
LAURENCE

Por culpa de la amnesia que sufría desde el accidente, Violet Niarchos no recordaba al hombre con el que había concebido a su hijo, pero cuando Aidan Murphy, el atractivo propietario de un pequeño pub, se presentó en su despacho, de pronto los recuerdos volvieron en tromba a su mente, y supo de inmediato que no era un extraño para ella. Era el padre de su bebé, el hombre con el que había pasado un apasionado fin de semana. ¿Creería Aidan que de verdad había olvidado todo lo que habían compartido?, ¿o pensaría que la rica heredera estaba fingiendo para salvar su reputación?

Ella le entregó su inocencia...
ahora sería su esposa

INOCENCIA
SENSUAL

Carol Marinelli

El implacable multimillonario Ethan Devereux sabía que la prensa seguía todos sus movimientos y, cuando descubrió que el resultado de la asombrosa noche que había compartido con la actriz Merida Cartwright era un embarazo, decidió moverse a toda prisa para controlar el escándalo.

De la noche a la mañana, Merida consiguió el mejor papel de su carrera: el de la amante esposa de Ethan Devereux. Pero ella sabía que el auténtico reto sería fingir que no estaba locamente enamorada de él.